• 衛斯理小說典藏版 63 •

衛斯理
親自演繹衛斯理
《筆友》

新之又新的序言，最新的

衛斯理小説從第一次出版至今，歷時已近半世紀，總共出了多少正版，還能計得清，若是連盜版一起算，那就算找外星人來算，也算勿清楚哉！不知能不能也算世界紀錄。

算得清好，算勿清也好，能幾十年來不斷出新版，説明不斷有讀者加入，對作者來説，沒有更值得高興的事了，謝謝所有喜歡衛斯理的人，謝謝謝謝。

倪匡

二〇二〇年六月四日 香港

幾句話

寫了四十多年小說，論者將拙作分為三個時期：早、中、晚。在明窗出版的一批，屬於早期和中期的上半。三個時期的創作風格有相當程度的不同，所以風評不一。本人並無偏愛，但讀友對早期的作品，頗有好評，大抵是由於在早、中期作品之中，主要人物精力充沛，活力無窮，所以使故事曲折多變，小說也就格外吸引。明窗出版社此次重新出版這批作品，正好讓大家來證明這一點。

四十餘年來，新舊讀友不絕，若因此而能有新讀友，不亦快哉！

二〇〇五年十一月六日

序言

《筆友》創作於二十多年前，那時，電腦還才開始進入人類生活不久，絕不普遍，所以這篇故事，作了電腦「活了」的設想，頗得好評，被稱為是中國科幻小說中最早以電腦為題材的作品。

這個故事中幻想的電腦「活」了，只不過是愛上了一個少女。那可以算是喜劇，如今人類生活對電腦的依賴，已到了「不可一日無此君」的地步。（好快！）要是電腦活了，胡作非為起來，人類自然也只好束手待斃，一點反抗的餘地都沒有，而且，那是典型的作法自斃，作繭自縛。

現在來摒棄電腦，來得及嗎？

不，來不及了，已經太遲了！

《合成》是一個典型的科學幻想故事——通過外科手術來改造人，故事稍為觸及了一下人性和獸性，以及兩者之間的衝突，是衛斯理故事中最早討論這個問題的一篇。

衛斯理（倪匡）

一九八六年十一月十四日

目錄

目錄

筆友

第一部

快見面的筆友

很多雜誌都有「徵求筆友」這一欄。筆友不知是誰首先想出來的玩意兒，但不論誰首創，首創者一定對心理學有極深刻研究。

人喜歡想像，人的想像力無窮無盡，憑通信來交朋友，就可以使人的想像力有發揮的餘地。兩個人，本來是絕不相識的，但是可以通過寫信而變成相識，當他們互相之間，了解得十分深刻之際，他們就算是面對面，仍然可以不知對方就是自己的朋友，這又可以滿足人的掩蔽心理。

人喜歡公開自己心中的話，但同時又希望沒有人知道自己是什麼人。許多無目的的犯罪，犯罪者就是基於這一點心理。而正因為通信的另一方，可能根本不能和自己見面，所以筆友之間的「交談」，有時反倒比天天見面的朋友更來得坦白。

最喜歡交筆友的年齡，當然和一個人最喜歡幻想的年齡有關；根據統計，大約是十五歲到十八歲。

高彩虹今年剛好足十六歲。

高彩虹是白素的表妹，我結婚那一年，她還是跳跳蹦蹦，只喜歡吃冰淇淋

和汽水的小女孩，但是幾年一過，當她穿起高跟鞋、旗袍，眼睛上塗得五顏六色之際，絕不能將她和幾年前的小女孩聯繫在一起了。

彩虹的生性很活潑，一切流行的東西都會，她也喜歡交筆友。

我和彩虹見面的機會並不多。我是她的表姐夫，她見了我多少有點拘謹；我猜想她不怎麼高興見到我，但是她和白素感情十分好。

那一天，彩虹竟然破例走到我的面前，我正在陽台上看報紙。這幾天的天氣，很不正常，悶而濕熱，在冬天有那樣的天氣，真是怪事。

彩虹來到了我的身前，叫了我一聲。

我向她笑了笑：「你來了麼？吃了飯再走，和你表姐多玩一會。」

我和她之間，似乎只有那幾句話可以說，而在平日，她一定是高高興興地答應着，轉身走開去。可是今天，她的態度卻有點不尋常。

她又叫了我一聲，然後道：「有一件事，想和你商量一下。」

我放下了報紙：「只管説！」

她臉上紅了一下，神情十分靦覥：「表姐夫，我有一個朋友，明天要來見我。」

她的話，聽來沒頭沒腦，她有一個朋友，明天要來見她，那和我有什麼關係？為什麼要找我來商量？但是我卻沒有說什麼，只是微笑着鼓勵她說下去。

彩虹繼續道：「我從來沒有見過他，表姐夫，我們是在信上認識的。」

「噢，是筆友。」我明白了。

「是的，是筆友。」彩虹道。

「彩虹，」我略想了一想：「如果是筆友的話，最好不要見面，很多筆友在一見面之後，從此以後再不通信了。」

彩虹睜了眼睛：「會有那樣的情形？」

「當然會，而且還十分普遍，筆友靠想像力維持，而事實和想像，往往有很大的一段距離，所以見面之後，就……」

我沒有再說下去，彩虹是一個十分聰明的少女，她自然會明白我的意思。

彩虹低下頭去，過了半晌，才嘆了一口氣：「可是，表姐夫，我卻非見他不可。」

我有點不愉快，沉聲道：「為什麼？」

彩虹的臉頰紅了起來：「因為……我愛他。」

我陡地一呆，大聲反問道：「什麼？」

也許是我突如其來的一聲反問，實在太大聲，是以彩虹嚇了老大一跳，連忙向後退去。就在這時，白素走了出來，扶住了彩虹，接着埋怨我道：「你看你，彩虹好意找你商量，你卻將她嚇了一大跳，她是將你當作兄長，才向你說心中的話！」

我不禁苦笑了一下，心中暗忖，如果我有一個妹妹，而她又對我說出那麼荒謬的話來，我一定先給她一記耳光，再慢慢來教訓她！

但是，彩虹卻不是我的妹妹，她甚至不是我的表妹，而是白素的表妹，我當然不能打她，然而我又絕不能像是和我完全無關的人那樣對她表示漠不關心，況且，我也難以掩飾我心中的那種滑稽之感。

我用一種十分奇怪的聲調笑了起來：「原來是這樣，你愛上了他，現在的男孩子真幸福，竟然會有一個從來未曾見過面的少女愛上了他，彩虹，你連見也未曾見過他，這算是什麼愛情？」

我自問我的責問是最為名正言順的，彩虹一定多少也會感到她的所謂「愛上了他」是極其荒謬的事才對。

但是，我卻完全料錯了！

因為彩虹一聽得我那樣問她，立時睜大了眼，當我是一個外星怪人一樣地望定了我，然後，又像是我犯了不可救藥的錯誤一樣，搖了搖頭。再然後，她嘆了一口氣：「想不到你還未老，思想卻完全落伍了，你知道麼？你們這樣的人，已經發霉了！」

她忽然那樣指摘我，倒使我又是好氣，又是好笑：「發霉？或者是，比起你來，我自然沒有那麼新鮮，但是我希望聽你新鮮的意見。」

彩虹一揮手，擺出了一副演講家的姿態來：「你剛才問我，連見也未曾見過，那算是什麼愛情，對不對？這種問法，便是發霉的問法，是中古時代的『一見鍾情』，現在，還講這些麼？」

我仍然笑着：「那麼，現在已經是和陌生人談戀愛的時代了？」

「一點也不，表姐夫，你該知道，愛情是心靈深處感情的交流，是人類最深切、最透徹的感情，那應該是觸及靈魂深處的，而不應該是表面的。而一個人，就算我一天看上二十小時，我所看到的仍然是他的表面，而看不到他的內心，是麼？」

想不到彩虹如此會說話，我不得不點頭。

彩虹又道：「可是，我在十三歲開始，就和他開始成為筆友，他在和我三年的通信中，已使我徹底地了解了他的為人，了解他的內心，為什麼一定要見他？為什麼我不能愛他？」

彩虹的話，聽來振振有詞，但是那卻是屬於愛情至上的理論，我不相信她的筆友如果是一個畸形的怪人，她還會維持她那種愛情。

但一則為了她那種認真的神情，二則，白素正對我頻頻使眼色，所以我便放棄了出言譏諷她的主意，只是笑着道：「你說得很動人——」

想不到這一句話，也引來了彩虹的反對，大聲道：「什麼叫我說得動人？你難道認為愛情是靠視覺來決定，而不是心靈來決定的？」

我實在忍不住笑，但我還是忍住了：「好，那麼我們該從頭討論起，你有一個通信三年的筆友，你已愛上了他，他自然也愛你，他明天要來見你，那麼，我看不出這件事，和我有什麼可商量的，但是你卻說要和我商量這件事。」

彩虹猶豫着，沒有出聲，白素道：「彩虹要你陪她去接飛機！」

我笑了起來：「要我這發霉的人和她一起去接飛機？給她那新鮮的愛人看到了，不怎麼好吧？」

彩虹一頓足，嗔道：「表姐夫！」

我看她的臉面漲得通紅，真是急了，忙道：「彩虹，別急，我只不過和你開玩笑而已，但是為什麼要我一起去接他呢？你們一定已商量好各自戴什麼標誌，以便互相識別，對不？」

彩虹皺起了眉：「表姐夫，我……很難說明為什麼，但是你經歷過許多稀奇古怪的事情，所以我才覺得要和你來商量一下。」

我聽了之後，更是大惑不解，這其中有什麼稀奇古怪的事呢？我實在想不出來。

彩虹看到我在猶豫，她便道：「我先讓你看最後他給我的那封信。」

我知道事情一定有點不尋常，是以我忙道：「好的，他信中說些什麼？」

彩虹一面打開她的手袋，取出了一封信來，她的神情是十分焦慮：「他寫信給我，一直是很有條理的，但是這封信，不但字迹潦草，而且有點……有點語無倫次的樣子。」

我已伸手將信接了過來，抽出了潔白的信紙，那的確是一封極其潦草的信，以下便是這封信的全文：

「彩虹，他們一定不讓我來見你，但是我卻非來見你不可，我一定要來見你，你是我心愛的人，我怎能不見見我的愛人？如果他們的阻攔不成功，那麼，我在十二日早上八時的那一班飛機，可以見到你，當然我希望你到機場來，或者我不能……我不能說什麼，他們一直在阻攔我，但是我想他們不會成功，但願他們不成功，願所有的一切都保佑我能見你。伊樂，你的。」

我迅速地看完了整封信，然後抬起頭來：「彷佛有些人不讓他來見你。」

彩虹點頭道：「看來像是那樣，但是三年來，伊樂從來也未曾向我提及過有人可以阻止他行動。」

我有點不明白，我道：「難道他只是一個人？譬如說，他的父母，或者他的監護人，或者也是像我那樣發了霉的人，不贊成他千里迢迢，來看一個素未謀面的少女，而且愛上她？」

「不，不，」彩虹立時道：「伊樂沒有父母，他說他根本不知道他的父母是誰，他也沒有監護人，他說有六個人照料他。」

「他是一個富家子？」

「我想是的，」彩虹說：「不然他怎可能有六個人照料他？但是表姐夫，我卻不是為了這才愛上他的，希望你明白這一點。」

對這一點，我倒是毫無疑問的，我略想了一想，道：「你是否曾想到，那些想阻止他來見你的人、伊樂信中所謂『他們』，就是那照顧他的六個人？」

彩虹搖着頭：「我不知道，我從來也未曾想到他的行動會受人阻攔，也從來不能想像他會是一個那樣沒有勇氣的人，會因為人家的阻攔，而改變了他的行動，他一定會來的！」

我看出彩虹在講那句話的時候，態度神情，都很認真。我又問道：「那麼，在你的想像之中，他應該是怎樣一個人呢？」

彩虹一聽，臉上焦慮的神情，立時消退了不少，自她的臉上，現出一種異樣的光彩來。

她道：「伊樂幾乎是一個完人，他什麼都知道，他學識之豐富，決不是我所能形容，他……我想你見了他，一定也會喜歡他的。」

我笑了起來：「你說得他那麼好，那我一定要見一見他。好的，明天我起一個早，你先到我這裏來，然後我們一齊到機場去。」

彩虹不免有點憂慮：「表姐夫，你說他……會不會終於不能成行呢？」

我道：「我不能預言，你應該更明白這一點，因為你了解他，你有他的照片？」

彩虹搖着頭：「沒有，我們沒有交換過照片。」

我皺了皺眉：「那麼，你憑什麼認出他來？」

彩虹想了一會：「我想我一看到他，就可以認出他，不知道為什麼，我有這個感覺，感到他即使雜在一萬人中間，我也可以認出他。」

我沒有再說什麼，因為我明白彩虹為什麼會有那樣的感覺。

她之所以會有那樣的感覺，是因為她長期以來和伊樂通信，久而久之，憑藉她自己的想像，塑造了伊樂的形象。雖然在她腦海中塑造成功的伊樂，只是她的想像，但是她卻固執地相信着這個想像。

筆友見面，往往會造成悲劇，那是因為想像和事實間的距離，十分大的緣故。

然而，對於彩虹和伊樂的事，我卻並不十分擔心，因為伊樂不管怎樣，總是一個環境優裕，而且勤力向學、學識豐富的年輕人。也就是說，伊樂的實際情形，和彩虹的想像，可能不會相去太遠。

我只是道：「好的，你記得明天一早來！」彩虹和白素，一齊離開了陽台，我繼續看我的報紙，但是我發覺我的精神不能集中，我放下了報紙，向遠處望去。

遠處的山，被濃霧阻隔，形成一層層朦朦朧朧的山影，看來十分美麗，但

是山上的建築物，卻也完全隱沒不見，我陡然感到，彩虹此際的心情，一定和我此時所看到的景象相類；她有一個朋友叫伊樂，她甚至已愛上了他，但是，伊樂是什麼樣子的，她卻未曾見過，伊樂躲在濃霧之中！

我伸了一個懶腰，希望明晨八時，飛機到達之後，濃霧便會消散，我們都可以見到伊樂。

第二部

出色之極的信件

第二天，早上六時半，天還只有曚曚光時，彩虹已經來了。

幸而白素早已起身，連忙將我從牀上拉了起來，等我見到彩虹的時候，是六時三刻。

彩虹經過小心的打扮，她選擇了一件十分淡雅的服裝，那件米白色的服裝令她顯得高貴、大方和成熟，我一看到她，便點頭道：「你揀了一件好衣服。」

「那是伊樂設計的，」彩虹高興地回答：「他在三個月前，將圖樣、顏色一起寄來，他信中還説，經過了三年的通信，他深深地相信這件他設計的衣服，一定是最適合不過。」

我不得不承認這句話：「很不錯，你的那位筆友，他可以成為一個第一流的服裝設計師！」

彩虹更高興了；但不論她如何高興，總難以掩飾她昨天晚上一夜未眠的疲倦神態。

我心中已然感到，如果那位伊樂先生不能依時來到的話，那麼對彩虹而言，一定是一個沉重的打擊。

白素也在擔心這一點，她偷偷地問我：「你看表妹能見到她的筆友麼？」

我笑着回答：「不必緊張，就算她的筆友因故不能來，難道她就不能去看人家麼？」

白素笑了起來：「你倒想得周到。」

七時十分，我和彩虹一齊到機場，一路上，彩虹不斷埋怨我將車子開得太慢，又在每一個紅燈之前頓足表示不耐煩，說城市交通管理不善。

但事實上，當我們到達機場的時候，只不過七點四十分，彩虹急急地到服務台前去詢問，那班飛機在八時正抵達，於是她又開始抱怨鐘走得太慢，好不容易，飛機在跑道上停了下來，她又急不及待地奔向閘口。

在閘口又等了二十分鐘，在那二十分鐘之中，彩虹不住地攻擊海關的旅行護照檢查制度和行李檢查制度，使我不得不勸她：「你以為伊樂會喜歡見到一個一小時以來，不斷埋怨這、埋怨那的女孩子麼？」

彩虹嘆了一聲：「我多麼心急想見他！」

我當然明白她的心情，那是她的初戀，她不知為她初戀的對象作出了多少幻想，如今，她的幻想會變成事實，所以她不能不心急。

第一個旅客從閘口走出來了，那是一個五十歲左右的生意人，接着是一對新婚夫婦般的青年男女，然後是兩個老婦人，再接着，是一隊奇形怪狀服裝的樂隊。

跟在那樂隊之後的，是一個身形高大，膚色黝黑，像是運動家一樣的年輕人。

那年輕人在走出閘口的時候，正在東張西望，彩虹的臉突然紅了起來，她推着我：「你過去問問他，他可能就是伊樂！」

我倒願意這年輕人就是伊樂，是以我走向前去，向他點了點頭：「閣下是伊樂先生？」

那年輕人奇怪地望着我：「不是，我叫班尼。」

我連忙向他道歉，後退了一步，回頭向彩虹望了一眼，攤了攤手，作出一個無可奈何的手勢，彩虹現出十分失望的神色。

這時，那叫着班尼的年輕人，已和一個穿着軟皮長靴和短裙的少女，手拉

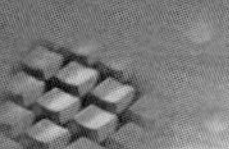

着手走開去了。

我看到彩虹又伸手向閘口指着，我回過頭去，看到在幾個絕不可能是伊樂的人之後，又有一個看來神情很害羞的年輕人，提着一個箱子，走出了閘口。

我知道彩虹的意思，她又是叫我去問那年輕人，是不是伊樂？

那實在是一個十分尷尬的差使，但是我既然陪着她來了，卻也不能不問，是以我又走了上去，微笑着：「是伊樂先生？」

那年輕人的神情有點吃驚：「不，不，你認錯人了，我叫趙家駒。」

我不得不再度退了下來，回頭向彩虹望去，彩虹面上失望的神色，又增加了不少。

我再繼續等着，陸續又有四五個年輕人走出來，每一個年輕人走出來，我總上前問他們是不是伊樂，但是他們的回答都是「不是」！

半小時之後，看來那一班客機的旅客，已經全走出閘口了，我退回到彩虹的身邊。

彩虹咬着下唇，過了好一會，才道：「他，他沒有來。」

我安慰着她，道：「或許我們錯過了他，待我去向空中小姐要旅客名單看看。」

我向閘口走去，對一位站在閘口的空中小姐，提出了我的要求，那位美麗的空中小姐猶豫了一下，我向彩虹指了一指：「她在等一個她未會過面的筆友，不知是不是我們錯過了他，還是對方根本沒有來，所以才希望查看一下旅客名單。」

「她的筆友叫什麼名字？」空中小姐問。

「伊樂。」我回答。

空中小姐開始查看她手上夾子上的旅客名單，她查閱得十分小心，但結果她還是搖了搖頭：「沒有，這班客機上沒有這位先生。」

我向她道了謝，那位空中小姐十分好心，她又告訴我，一小時後還有一班客機，也是從那個城市中飛來的，或許他在那班客機上。

我再次向她道謝，然後回到了彩虹的身邊，向她轉達了那位空中小姐的話。

彩虹嘆了一聲：「不會的，他既然在信上說得很清楚，是搭八時正抵達的

那班飛機來，不會改搭下一班，一定是他信中所説的那些人，不讓他來，可是，他為什麼會被人阻攔得住呢？」

我很不忍看彩虹那種沮喪的神情：「你可以寫一封信去問問他。」

彩虹搖着頭：「不，我要打一封電報去問他，叫他立時給我回電。」

我道：「好，那也是一個辦法，我們可以立時在機場拍發這個電報，你記得他的地址麼？」

彩虹勉強笑了一下：「和他通信了三年，怎會不記得他的地址？」

我陪着彩虹去拍出了那份電報，電文自然是彩虹擬的，我不知道內容，但是那一定相當長，長到了彩虹的錢不夠支付電報費而要我代付的程度！

彩虹在和我一起離開機場時，才道：「表姐夫，回電地址，我借用你的地址，我怕爸爸突然看到有電報來，會大吃一驚。」

我忙道：「那不成問題，我們一齊回家去等回電好了，我想，不必到中午，回電一定可以來了。」

彩虹滿懷希望而來，但是卻極度失望地回去，一路上，她幾乎一句話也未曾講過。到了家門口，白素迎了出來，一看到我們兩人的神情，她也知道發生了什麼事情！而彩虹則立即向她奔了過去，哭了起來。

白素忙用各種各樣的話安慰着彩虹，我自顧自走了開去，心中在暗忖，這件事，是不是就只是伊樂忽然受了阻攔，不能前來那樣簡單？

但是我想來想去，卻不可能有別的什麼事發生，是以我也只將彩虹的哭泣，當作一種幼稚的行徑，心中多少還有點好笑的感覺。

彩虹足足哭了一小時有餘，然後，她紅着哭腫了的雙眼，在門口等回電。我告訴她，電報最快，至少也得在十二時才會來，但是她卻不肯聽我勸，咬着唇，一定要在門口等。

讀者諸君之中，如果有誰嘗試過去勸一位十六七歲的女孩子，叫她不要做傻事，那就可以知道，那一定是不可能的事情。

所以，我勸了兩次，也不再勸下去，任由她在門口等着。

這一天清晨時分，還見過一絲陽光，但是天色愈來愈陰沉，到了將近中午，天色黑得如同黃昏一樣，而且還在下着雨粉。彩虹一直等在門口，我也知

道她一直等在門口，因為白素不時走進來，在我面前唉聲嘆氣。

一直到了中午，已快到一點鐘了，我才聽到白素在勸彩虹不要再等，但彩虹則固執地道：「別理我，表姐，你別理會我，好不好？」

白素又來到我對面坐了下來，她剛坐下，便聽得門口傳來了一聲叱喝：「收電報！」

我們兩人一齊跳了起來，一齊奔下樓梯，到了大門口，我們看到送電報的人，已經騎着摩托車走了，彩虹手中拿着一封電報，一動不動地站着。

由於她背對着我們，我們看不到她臉上的表情。我心中奇怪：她等了兩三個鐘頭，等到了電報，怎麼不立刻拆開來？

我的心中正在奇怪，白素已忍不住道：「彩虹，快將電報拆開來看看，伊樂怎麼說？」

彩虹本來只是木頭人一樣地站着的，但是白素的話才一說出口，她的身子震動像是雷殛，接着她轉過身來。

她臉上一點血色也沒有，望了我們一眼，將手中的那封電報，放在桌上，就向外走了出去。

我一個箭步跳向前去，抓起那封電報來。

一抓到了那封電報，我便已明白何以彩虹的面上，會變得一絲血色也沒有了。

那並不是伊樂的回電，而且不過是電報局的通知書，通知書上清清楚楚地寫着：尊駕於上午八時四十二分拍發之電報，該地址並無收報人，無法投遞。

沒有伊樂這個人！

我抬起頭來，彩虹像是一個夢遊病人一樣，仍然在向前走着，我大叫一聲：「快去追她回來。」

白素奔了出去，她本來也是對中國武術有極高造詣的人，但自從結婚以來，她幾乎還未曾用那樣快的速度奔跑過，趕到了彩虹的身邊，將彩虹硬生生拉進屋子來。

按着彩虹在一張椅子上坐了下來，我忙道：「彩虹，別着急，事情總有辦法的。」彩虹緩緩地搖着頭，我也不知道她搖頭是什麼意思，我又道：「彩

虹，最主要的是你對他有沒有信心，他會否有可能是故意在避開你。」

「不會！」彩虹立即回答。

「那就行了，那我們就可以假定，是有一些人在阻攔着他和你見面，那種阻攔，一定可以打破，請你相信我。」

彩虹苦笑着：「怎麼……打破它呢？」

「首先，我要研究研究伊樂這個人，彩虹，三年來，他的來信，你都藏着？」

「是的。」

「拿來給我看，你從他的信中，或者看不出他是怎樣的一個人，但是我卻一定可以看得出來的！」彩虹略有為難的神色，但是她隨即點頭：「好的，我這就回家去拿。」

我忙道：「叫你表姐陪你去。」

彩虹苦澀地笑着：「不必了，我不會那樣經不起打擊！就算只是我一個人，也可以經受得起，何況還有你們兩人幫助我。」

我道：「我的意思是叫你的表姐駕車送你去，那你就可以快些回來，我實在急於知道這個伊樂是怎樣的人和他的家庭背景。」

白素聽得我那樣説，立時便挽着彩虹，向外走了出去。我在沙發上坐了下來，思索着何以那封電報，會無法遞交的原因。

我心想，唯一的原因，自然是因為伊樂的家人，反對伊樂和不相識的少女談情説愛，伊樂所住的那個城市，正是民風十分保守的城市。

但是我還是不能肯定，那必須等我看到了伊樂的全部來信之後，才能作出決定。

白素和彩虹在半小時之後就回來了，在彩虹的手中，捧着一個盒子，當她揭開盒蓋的時候，盒中滿滿一盒是信，至少有一百多封。

在信封中，她還都小心地註明收到的日期，和將信編了號。我接過了所有的信，道：「別來打擾我，我要好好研究這些信件。」

我走進了書房，關好了門，開始根據彩虹的編號，看起伊樂的信來。

伊樂的信，在開始的二三十封，並沒有什麼特別之處，但是到了編號「三十」之後的那些信，每封都是一篇辭情並茂的散文！

真難使人相信，一個二十歲的年輕人（那是伊樂的信中說的），會有那樣美妙的文筆。

而愈向下看去，愈是令我驚異，因為伊樂不單文筆好到了極點，他知識的淵博，更是使我歎為觀止，他幾乎什麼都懂，有一封極長的信，是和彩虹討論第二次世界大戰後期的太平洋逐島戰的，我不以為像彩虹那樣的女孩，會對這個問題有興趣。但是，任何女孩子面對着那樣知識深邃的討論，都會心儀。

那一封長信，我相信即使叫當時盟軍最高負責人來寫，也不能寫得更好些。

而他幾乎什麼都懂，大約彩虹曾寫信給他，向他訴說過一些身體不舒服的事，所以有一封信中，他開列了一張中藥方。

在那張中藥方下面，彩虹寫着一行字：只喝一次就好了，不過，藥真苦！

二十歲的年輕人，會開中藥方子，而且藥到病除，會討論文學、藝術、軍事、政治、考古、歷史、地理，種種問題，還會作最佳妙的時裝設計。

老實說，我再也不奇怪彩虹雖然未曾見過他，但已愛上他了。

關於家中的事，伊樂說得很少。

他看來沒有兄弟姊妹，也沒有父母，的確，他曾提到有六個人在侍候他，他還曾提及過一個「脾氣古怪、經常補充他知識」的老人。但是他未曾說明那老人和他的關係，看來像是家庭教師。

我一封又一封信看着，一直看到幾乎天亮，我才發現了一個很奇怪的地方：所有的信中，絕沒有一封談論到運動！

彩虹是一個十分好動的少女，幾乎每一種運動她都喜歡，但是伊樂在這方面的趣味，顯然和她不合，伊樂對於世界運動會的經過，都知道得十分詳細，然而他的信中，卻從來未曾提及他自己曾參加過什麼運動！

當我想到了這一點的時候，我覺得我已對整件事，有了一個概念！

我閉上了眼睛，在我的眼前，好像已浮起了一個有着一雙充滿了智慧的眼睛，但是面色卻異常蒼白的年輕人，我似乎還看到這個青年人坐在輪椅上，他是殘障，生理有缺陷，這就是他最後終於不敢來見彩虹的原因。

而我也像是已看到了結局，彩虹是一個有着如此狂熱情緒的少女，不論伊樂怎樣，她既然已愛着他，一定仍會愛他。

於是，我又好像看到了大團圓的結局。

但是，我卻沒有再向下想去，因為我發現我自己所設想的，太像一篇令人作嘔的流行小說或是愛情文藝悲喜劇了。現實生活中是不是會有那樣的情形，真是天曉得。

我在書房的安樂椅上躺了下來，睡了兩個來鐘頭，然後才打開了書房門。

第三部

一個大軍事基地

我一打開書房門，就嚇了一跳，因為彩虹竟挨在門框上，睡着了。

我的開門聲驚醒了她，她睜開眼睛，跳了起來：「表姐夫，你在他的信中，看出了一些什麼來？」

我用十分輕描淡寫的口氣道：「彩虹，伊樂像是不喜歡運動，對不？」

彩虹點了點頭：「是的，他信中從來也未曾提起過參加任何運動。」

我慢慢向前走着，彩虹跟在我的後面。我又道：「他的信中，好像也從來未曾提及過他曾到什麼地方去玩或是去遊歷，對不對？」

彩虹點了點頭。

我站定了身子，這時白素也從房間中走了出來。

我又道：「伊樂給你的所有的信，談的都是靜態的一面，全是他所知的一切，他為什麼從來也不談起動態的一面，例如他今天做了什麼，昨天做了什麼，難道你的信也是那樣？」

彩虹又呆了半晌：「當然不是，我常告訴他我做了些什麼，我曾告訴他我打贏了全校選手，取得了乒乓球賽冠軍，我告訴他很多事。」

我的聲音變得低沉了些：「彩虹，那你可曾想到他為什麼從來不向你提及他的行動？」

彩虹怔怔地望了我半晌，才道：「表姐夫，你的意思是他……他……」

彩虹像是不知道該如何措詞才好，或者是她已然想到了其中的關鍵，但是由於心中的震驚，所以講不出來。

我接上口去：「他一定有異乎常人的地方，彩虹，你明白了麼？」彩虹長長地吸了一口氣：「我明白了，表姐夫，你是說，伊樂是殘障？他不能行動？」

「那只是我的猜想，彩虹。」為了怕彩虹受的打擊太大，我連忙解釋着。

彩虹沒有作聲，只是默默地轉過身，向前走去，她向着一堵牆走去，在她幾乎要撞到牆壁時，我叫了她一聲，她站定了身子。

她就那樣站着，一動不動，也不作聲。

我和白素互望了一眼，各自做了一個無可奈何的手勢。我已將我一夜不睡、研究伊樂來信所推測到的結果，對彩虹說了出來。

對彩虹而言，那自然是一個十分可怕的打擊，我們也無法勸說。

過了足有三五分鐘之久，彩虹才轉回身來。出乎我們的意料，她面上的神情，卻不像是受了什麼沉重的打擊，而且相當開朗。

她道：「伊樂真是太傻了，他以為他自己是殘疾，我就會不愛他了？」

這正是我昨天晚上便已經料到的結果，我笑了笑，不置可否，彩虹雖然只有十六足歲，但是她是個早熟的孩子，我相信她自己有決定能力。

彩虹又道：「他有那種莫名其妙的自卑感，我一定要好好地責備他，現在，事情很簡單。」

「你有了解決的辦法？」我問她。

「是的，他不肯來見我，我去見他！」彩虹十分堅決地說。

彩虹會講出那樣的話來，我也一點不覺得意外。

可是，在這時候，我總覺得我對伊樂的推測，可能是犯了什麼錯誤。究竟是什麼錯誤，我說不上來。我只是想到，要來看彩虹，那也是伊樂自己提出的，他之所以不能成行，好像並不是受了自卑感的影響，而是因為有人在阻攔。

如果他是一個十分自卑的殘疾者，那麼，他如何會有勇氣表示要來見彩

虹呢？

這疑難我暫時無法解開。

而聽得彩虹說她要去見伊樂，白素不禁嚇了一大跳，忙道：「表妹，那怎麼行？舅父、舅母第一不會答應，你學校也不會讓你請假的！」

然而彩虹卻固執地道：「我不管，我什麼也不管，我一定要去見他，我已不小了，我可以去見他。表姐夫，謝謝你替我找到了問題的癥結！」

她向我們揮了揮手，跳下了樓梯走了。

白素嘆了一聲：「你看看好了，不必一小時，我們這裏，一定會熱鬧起來。」

我明白她這樣說是什麼意思，是以只是笑了笑。白素的估計十分正確，不到一小時，彩虹又回來了，她鼓着腮，一副鬧彆扭的神氣。

和她一齊來的，是白素的舅父，滿面怒容，再後面便是白素的舅母，鼻紅眼腫，正在抹着眼淚。

凡是女兒有了外向之心，父母的反應，幾乎千篇一律，父親發怒，母親哭。做父母的為什麼總不肯想一想，女兒也是人，也有她自己獨立的意見？

白素的舅父，在年輕的時候是三十六幫之中赫赫有名的人物，這時雖然已屆中年，而且經商多年，但是他發起怒來，還是十分威武逼人。

我和白素連忙招呼他們坐了下來，舅母哭得更大聲了，拉着白素的手：「你看，你叫我怎麼辦？她書也不要讀了，要到那麼遠的地方去，去看一個叫伊樂的人，誰知道這個伊樂是什麼樣的人！」

舅父則大聲吼叫着：「讓她去——她要去就讓她去，去了就別再回來，我當沒有養這個女兒。」

而彩虹呢，只是抿着嘴不出聲，臉上則是一副倔強的神態。

舅母聽得舅父那樣說，哭得更厲害了，白素悄悄地拉着我的衣袖：「你怎麼不出聲？」

本來，我不想將這件事攬上身來，因為彩虹那樣的愛情，在我這已「發霉」的人看來，也未免是太「新鮮」了一些。

但是，如今的情形，逼得我不能不出聲，不能不管這件事了，我嘆了一聲：「不知道你們肯不肯聽我的解決辦法？」

舅母停止了哭聲，舅父的怒容也稍霽，他們一齊向我望來，我道：「看彩虹的情形，如果不給她去，當然不是辦法，但是她卻從來未曾出過遠門，而且那邊的情形究竟怎樣，也不知道，唯一的辦法，是由我陪她去，你們可放心麼？」

我的話才一出口，舅母已然頻頻點頭。

舅父呆了半晌，才道：「誰知道那伊樂是什麼人，彩虹年紀還輕，只有十六足歲——」

不等他講完，我就知道了他的意思，是以我忙打斷了話頭：「所以，你們兩位必須信我，給我以處理一切之權，我想表妹也願意和我一起去的。」

我向彩虹望去，她點着頭。

舅父面上，已沒有什麼怒容，他嘆了一聲：「只是麻煩了你，真不好意思。」

我笑道：「千萬別那麼說，我們是自己人，而且那城市是一個十分好玩的地方，我還未曾去過，正好趁此機會去玩一玩。」

舅父已經同意彩虹去探訪伊樂，可是當他向彩虹望去時，卻還是沉着臉「哼」地一聲，我和白素兩人心中都覺得好笑，因為世上決不會有人，再比他愛彩虹愛得更深，但是他卻偏偏要擺出父親的威嚴來，那確然是十分有趣的事。

我留他們吃晚飯，第二天開始，彩虹就準備出遠門。五天之後，一切手續都以十分快的速度辦好，中午十二時，我和彩虹一齊上了飛機，向南飛去。

在飛機上，我對彩虹道：「到了之後，先在酒店中住下來，然後，再由我一個人，根據地址去看看情形，你在酒店等我。」

彩虹立即反對：「不，我和你一起去。」

我道：「那也好，但是你必須作好思想準備，我們就算依址造訪，也不一定見得到他，這其中可能還有一些我們不能預測的曲折在。」

彩虹的面色又變得蒼白：「會有什麼曲折？」

「我也說不上來，但是我可以向你保證，我一定盡我所能，使你見到伊樂。」

「如果伊樂是殘障，你想爸會怎樣？」

「別問爸會怎樣，媽會怎樣，彩虹，這是你自己的事情，只要問你自己怎樣就可以了！」

彩虹點着頭，她忽然抱歉地對我笑了一笑：「表姐夫，我曾說你發霉了，

很對不起。」

我被她逗得笑了起來：「不必介意，我和你未曾相差一代，但卻也差半代，在你看來，我們這些人，就算不是發霉，至少也是變了味兒的。」

彩虹也笑了起來，飛機在雲層之上飛着，十分穩定，彩虹大約是連日來太疲倦，不一會就睡着了，我閉上了眼睛，在設想着我們可能遇到的事。

飛機降落的時候，天色已黑，那城市的機場，不算落後，可是辦事人員的效率，卻落後到了可怕的程度，在飛機場中足足耽擱了一小時，至少看到了十七八宗將鈔票夾在護照中遞過去的事，才算是通過了檢查，走出機場，已經是萬家燈火了。

我們搭車來到了早已訂好的酒店之中，才放下行李，彩虹便嚷着要去找伊樂了。

我一則拗不過彩虹，二則，我自己也十分心急，也想早一點去看看伊樂是怎樣的人，通知侍役替我們找一輛由中國人駕駛的出租汽車，等到侍役通知我們，車子已在門口等候之後，我們下了樓。

那司機看來老實，我將伊樂的地址講了他聽，他聽了之後，揚起了雙眉，現出奇怪的神色來，我道：「我們到了之後，你在外面等我們，我會照時間付酬勞給你，你可願意麼？」

「願意，當然願意。」司機回答着，他忽然又問：「先生，你是軍官？」

我呆了一呆，實在不知道那司機這樣問是什麼意思。我道：「不是，你為什麼那樣問？」

「沒有什麼！」司機打開了車門，「請上車。」

我和彩虹一齊上了車，車子向前駛去，城市的夜景十分美麗，雖然有一些小街巷十分之簡陋骯髒，但是在夜晚，它們卻是被夜色隱藏起來的，可以看到的，全是有霓虹燈照耀的新型建築。

漸漸地，車子駛離了市區，到了十分黑暗的公路上，我不免有些奇怪：「你記得那地址麼？」

「記得的，先生。」

「是在郊區？」

「是的，離市區很遠，那裏是一個小鎮——要經過了一個小鎮之後，才能到你要去的地方。」

「哦。」我心中十分疑惑，那是什麼地方呢？

我沒有再問，因為看來那司機不像在騙人，所以只好由得他向前駛去。

車子以每小時五十里的速度，足足駛了四十分鐘，才穿過了一個小鎮。但是那卻不是普通的小鎮，那鎮的房屋，全都十分整齊、乾淨，而且，房屋的式樣，都是劃一的，當車子經過一座教堂之際，我更加驚疑！

如果在鎮上看到一座佛寺，那我一定不覺得奇怪，因為這裏的佛寺世界知名，但是我卻看到了一座教堂，我忍不住問道：「這是什麼鎮？」

司機道：「這鎮上住的，全是基地中的人員。」

「基地？」我更奇怪了，「你說什麼基地？」

司機突然將車子停下來，轉過頭，扭亮了車中的小燈，用十分奇怪的眼光看看我，將我剛才告訴他的地址，複述了一遍：「先生，你不是要到那地方去麼？」

「是啊，那是——」

「那就是基地，是市郊最大的軍事基地。」

我呆住了，那實在是再也想不到的事情，難怪那司機曾問我是不是軍官，因為我要去的地方，是一個龐大的軍事基地！

難道伊樂竟是軍事基地中的一員？如果他是的話，那麼他又如何可能是殘障呢？這其中究竟有什麼曲折？

本來，我已想到了好幾套辦法，來應付我們見不到伊樂的場面，可是做夢也想不到伊樂的地址，會是一個軍事基地！

我連忙向彩虹望去，彩虹也知道了我的意思，她急忙道：「是那個地址，三年來，我一直寫的都是這個地址，他也一直可以收到我的信！」

在那樣的情形下，雖然我心中十分亂，但還是需要我的決定，所以我道：「向前去。」

司機道：「先生，你連那地址是軍事基地也不知道，我看你很難進去。」

我吸了一口氣：「你只管去，到了不能再前進的時候，由我來應付，決計不使你為難，你放心。」

我雖然那樣對司機說着，但是到時究竟有什麼辦法可想，我卻一點也想不出來。而且，要我想辦法的那一刻，很快就到來了。

車子又向前駛出了半里，便看到了一股強烈的光芒，照在一塊十分大的招牌上。那路牌上用兩種文字寫着「停止」，還有一行較小的字則是「等候檢查」。同時，還可以看到在路牌之後，是十分高的刺鐵絲網和兩條石柱，石柱之旁，各有一個崗亭，在兩個崗亭之間的，是一扇大鐵門。

大鐵門緊閉着，再向前看去，可以看到零零落落的燈光，那是遠處房屋中傳出來的，在基地之中，好像還有一個相當規模的機場，但因為天色很黑，看得不是十分清楚。

司機停下了車，兩個頭戴鋼盔、持着衝鋒槍的衛兵，走了過來，一邊一個，站在車旁。彩虹嚇得緊握住我的手，她一直在和平的環境中長大，幾時見過那樣的陣仗？那兩個衛兵中的一個，伸出手來：「證件。」

我感到喉頭有些發乾，但我還是道：「我沒有證件，我們剛從另一個城市飛來，來找一個人，我們希望見他。」

那兩個衛兵俯下身，向車中望來。

他們的眼光先停留在我的身上，然後又停在彩虹的身上，打量了我們一分鐘之久，其中一個才道：「我想你們不能進去，基地絕不准沒有證件的人出入，你們應該明白這一點。」

「那麼，」我忙道：「是不是可以通知我們要見的人，請他出來見我們？」

衛兵略想了一想：「好，他叫什麼名字？」

「叫伊樂。」彩虹搶着說。

「軍銜是什麼？」衛兵問。

彩虹苦笑着：「我不知道他有軍銜，我——甚至不知道他是軍人。」

衛兵皺了皺眉：「那麼，他在哪一個部門工作，你總該知道。」

彩虹又尷尬地搔着頭：「我也不知道，但是，我寫信給他，寫這個地址，他一定收得到。」彩虹又將那地址念了一遍。

衛兵搖着頭：「不錯，地址是這裏，但那是整個基地的總稱，看來很難替你找到這個人了，小姐。」

我忙道：「那麼，他是如何取到來信的呢？」

衞兵道：「通常，沒有寫明是什麼部門的信，會放在飯廳的信插中，按字母的編號排列，等候收信人自己去取。」

我道：「那就行了，這位伊樂先生曾收到過這位小姐的信，三年來一直如此，可見他是這基地中的人員，你們能不能替我查一查？」

那衞兵顯得十分為難：「這不是我們的責任，如果你們明天來，和聯絡官見面，或者可以有結果，現在只好請你們回去。」

我也知道，不能再苛求那兩個衞兵，我拍着彩虹的手臂：「看來我們只好明天再來一次了！」

彩虹無可奈何地點着頭。

那司機顯然不願在此久留，他已急不及待掉轉了車頭，向回程駛去，不一會，又經過了那小鎮，四十分鐘後，回到了市區。

第四部

根本沒有這個人

當我們回到酒店之後，她進了自己的房間：「表姐夫，我想睡了。」

我安慰着她：「明天一定可以找到他，你不必着急，明天一早我們就出發。」

彩虹苦笑着，點着頭，關上了房門，我回到自己的房中，嘆着氣，倒在牀上，也不知道是什麼時候睡着。直到我被一陣拍門聲驚醒，睜開眼來，才知道天色已經大明了。

我連忙開了門，彩虹已是滿面埋怨之色，站在門口：「表姐夫，你忘記我們要做什麼了？」

「記得，記得，」我連忙說：「立時可以出發，但我們去得太早也沒有用，你吃了早餐沒有？」

「我吃不下。」彩虹搖着頭。

我匆匆地洗了臉，我的動作已經較快的了，但是還被彩虹催了六七次之多。我們一齊走出酒店的大門，門僮替我們叫來了車子。

四十分鐘之後，我們又在昨天晚上到過的那兩個崗亭之前，我向衛兵解釋着，我們要找一個人，他在這個軍事基地中，他叫伊樂，並且告訴他，昨天晚

上我們已經來過，我們希望能見聯絡官。

一個衛兵十分有耐心地聽完了我的話，他回到崗亭去打電話，另外有一個衛兵，用槍對準了我們，那出租車的司機，嚇得面色發白，身子也在發抖。

那衛兵在五分鐘之後，又來到了車旁：「麥隆上尉可以接見你們，但是你們不能進基地去，沒有特准的證件，任何人都不准進基地去，這是最高當局的命令，誰也不能違反。」

我問道：「那我們如何和這位上尉見面呢？」

「在前面的駐守人員宿舍中，另有一所辦公處聯絡官專用，你們可以到那裏去見他。而且你們也不能再到這裏來，這種行動是不受歡迎的。」

我苦笑着：「如果我們找到了要找的人，你想我們會喜歡到這裏來麼？」

那衛兵沒有說什麼，揮着手，令我們快快離去。

車子駛到了那小鎮的盡頭處，在一所掛着「聯絡官辦事處」的招牌的房子前停了下來。

我和彩虹下了車，走進那房子去，一個年輕的軍官攔住了我們，在問明了我們的來意之後，將我們帶到了一間辦公室之前，推開了門。

在那辦公室中，坐着幾名軍官，一名女少尉抬起頭來，那年輕軍官道：「這兩位想見麥隆上尉。」

「上尉正在等他們，請進。」女少尉說。

我和彩虹走了進去，那女少尉用對講機將我們的來到，通知麥隆上尉，然後，我們又被帶到另一扇門前，敲了門，等裏面有了回答之後，才走了進去，見到了麥隆上尉。麥隆上尉的年紀十分輕，大約不會有三十歲，態度和藹。

我們在他的面前坐了下來，我又將彩虹和伊樂間的事，詳細向他講了一遍。麥隆上尉用心地聽着。

最後，我提出了要求：「所以，我想請閣下查一查，那位伊樂先生究竟在基地的哪一部門工作，並請你通知他，請他和我們見面。」

在聽了我的要求之後，麥隆上尉的臉上，現出了十分為難的神色來，他沉吟了半晌，才道：「衛先生，高小姐，我十分願意幫助你們，可是這件事，太為難了。你們或者不知道，我們這軍事基地，是需要特別保守秘密的——」

我道：「上尉，天下大約也沒有不需要保守秘密的軍事基地。」

「是的，但是我們的軍事基地很特殊，基地中的人員，甚至不能和外界人士接觸！」

我搖頭道：「不至於吧，基地中的人員，也有眷屬，這小鎮不是全為他們而設的麼？」

「是的，但是所有的眷屬，都經過嚴格的審查，兩位遠道而來——」

麥隆上尉禮貌地住了口，他不必講下去，我們也可以知道他的意思，那是說我們的來歷不明，要求又奇特，屬於可疑人物。

我早已料到了這一點，是以我攤了攤手：「上尉，我明白你的意思，我沒有別的證件可以證明我的身分，但是閣下不妨和貴國的最高警務總監聯絡一下，向他了解一下這種證件持有人的身分。」

我一面說，一面將一份證件，放在他的面前。

那是國際警方發出的一種特殊身分證件，世上持有這種身分證明的人，大約不會超過六十人，我在不久之前，曾幫助國際警方對付過意大利的黑手黨，事後經過我的要求，得了這樣一份證件。

那證件上，有五十幾個國家最高警務負責人的親筆簽字，而持有這證件的人，在那五十幾個國家中，都可以得到特許的行動自由，但麥隆上尉以前顯然未曾看到過這樣的文件。

所以，他好奇地看着這份證件，看了好一會，才道：「好的，我會打電話去問，請你們到外面去等一等。」

我和彩虹退了出去，在外面等着。足足等了十五分鐘，上尉的辦公室的門才又打了開來，他笑容可掬地請我們進去：「衛先生，你的身分已經查明了，警務總監和國防部也通過了電話，我們將會盡一切可能幫助你，我立即和基地的檔案室聯絡，請坐！」

我們又在他的面前坐了下來，他拿起電話，接通了基地的檔案室，要他們查伊樂這個人，一查到之後，立時打電話通知他。

然後，他放下了電話，和我們閒談着，彩虹幾乎沒有講什麼話，她只是心急地望着辦公桌上那具電話。麥隆上尉顯然是一個忙人，幾乎不斷有電話來找他，也不斷有人來見他。

每一次電話響起來，我都看到彩虹的臉上，現出了充滿希望的神色來，但是在上尉講了幾句話之後，她卻又變得十分失望。

我們足足等了四十分鐘，彩虹已然焦急得不耐煩了，終於，又一次電話鈴響了，麥隆上尉拿起了電話：「是的，我是麥隆上尉，你們的調查結果怎樣？」

我和彩虹兩人，立時緊張了起來，但是我們卻聽不到電話中的聲音，只是聽得麥隆上尉在停了片刻之後說：「不會吧，怎麼會查不到？是的，他叫伊樂，你肯定基地內根本沒有這個人？請你等一等！」

他抬起頭來：「檔案室已查過了，基地上所有工作人員以及士兵的名單衛先生，沒有伊樂這個人！」

彩虹的面色一下子變得十分蒼白，她緊抿着嘴，一聲不出，但是我卻可以看得出，她隨時可以大聲哭出來。

這樣的結果，對於我來說，卻不覺得十分意外，因為我早已料到過，「伊樂」這個名字，可能只是一個假名，因為伊樂連工作單位也未曾告訴過彩虹，彩虹寄給他的信，放在食堂中任人去取，那麼，他用一個假名，何足為奇。

而如今，基地所有人員之中，既然沒有這個人，那麼，他用假名，可以肯定。

我心中突然對這個「伊樂」恨了起來，他竟是如此無恥卑鄙的騙子：用一個假名字和彩虹通信，令得彩虹對他神魂顛倒，這傢伙，我絕不輕易地放過他！

事情發展到現在，看來已經很明朗化，伊樂是一個假名，使用這假名字的人，一定是在那軍事基地之中，只不過他的真名叫什麼還不知道，但是要查出他的真名，那也不是什麼難事。

我忙對麥隆上尉道：「請你讓我直接和這位檔案室的負責人講幾句話，可以麼？」

上尉向着電話：「中校，那位衛先生要和你講幾句話，是的，請你等一等。」

上尉將電話交到了我的手中，我首先道：「我是衛斯理，對不起得很，我可能打斷了你日常的工作，但是我一定要查到這個人。」

電話那邊是一個相當誠懇的中年人的聲音，他道：「我是譚中校，真對不起，我們查遍了所有單位的名冊，都沒有閣下要找的那個人。」

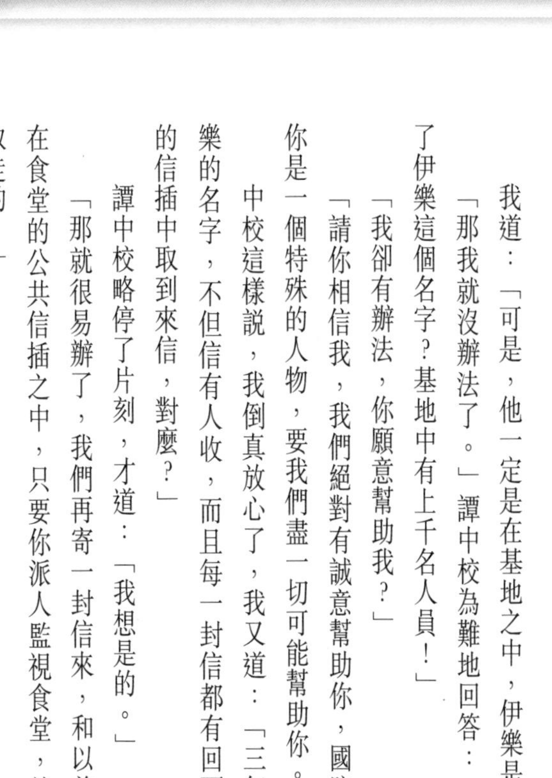

我道：「可是，他一定是在基地之中，伊樂是他的一個假名。」

「那我就沒辦法了。」譚中校為難地回答：「我又有什麼辦法，知道誰用了伊樂這個名字？基地中有上千名人員！」

「我卻有辦法，你願意幫助我？」

「請你相信我，我們絕對有誠意幫助你，國防部曾引述警務總監的話，説你是一個特殊的人物，要我們盡一切可能幫助你。」

譚中校這樣説，我倒真放心了，我又道：「三年來，寫信到基地中，寫着伊樂的名字，不但信有人收，而且每一封信都有回覆，收信的那人，可以在食堂的信插中取到來信，對麼？」

譚中校略停了片刻，才道：「我想是的。」

「那就很易辦了，我們再寄一封信來，和以前的信一樣，那信也必然被插在食堂的公共信插之中，只要你派人監視食堂，就可以知道，那封信是什麼人取走的。」

譚中校沉吟了一下：「你這個辦法不錯，很有用，但是……但是這樣的監視，和我們軍隊的一貫傳統，卻不相符合。」

「中校，」我說：「在基地中，有一個人格可稱十分卑鄙的人！他雖然未犯軍紀，也沒有觸犯法律，但是他卻用十分卑鄙的手段，傷害了一個少女的心靈，我想，如果有機會給他叛國的話，他一定不會遲疑，這樣的一個人，你總也想將他找出來的！」

我的話說到後來，聲音已相當激動。

譚中校也顯然給我說服了，他立時道：「好，我親自去監視誰會取走這封信，你去投寄這封信好了，請留下你酒店的電話號碼，我將會直接和你聯絡。」

我將酒店的名稱和我住的房間號碼，告訴了譚中校，譚中校掛上了電話。

我也放下了電話，轉過身來：「多謝你，上尉，多謝你的幫助。」

麥隆上尉的兩道濃眉緊蹙着：「衛先生，高小姐，我們的軍隊之中，竟有那樣卑鄙的人，連我也覺得難過。」

我苦笑了一下，彩虹望着窗外，她的聲音聽來很不自然：「沒有什麼。」

麥隆上尉道：「一星期之後，我會有半個月的假期，如果你們還未曾離

去，我願意陪你們一齊參觀遊歷我們的國家，也算是——我的一份歉意。」

我忙道：「上尉，你又沒有做什麼事損害了我們，又何必表示歉意？」

麥隆上尉嘆了一聲：「可是使得高小姐傷心的人，卻和我在同一部隊。」

麥隆上尉的話才說出口，彩虹已突然轉過身來，她道：「我沒有傷心，上尉，那不值我傷心！」

彩虹的性子十分堅強，那我知道，但是這時，當她那樣說的時候，不單是我，連麥隆上尉也可以看得出，她在講違心之言！

因為在彩虹的眼中，正孕育着淚水！我吸了一口氣，沒有講什麼，麥隆上尉立時道：「對了，高小姐那不值得傷心，是我說得太嚴重了，一個騙子值得傷心麼？」

彩虹勉強笑了一下，叫道：「表姐夫。」

我知道她叫我是什麼意思，是以忙道：「上尉，我們告辭了！」

麥隆上尉送我們到了門口，我挽着彩虹向那輛計程車走去，當車子開動之後，麥隆上尉還在門口，向我們揮着手，彩虹也總算在車子駛出了幾十碼之後，她的淚水才撲簌簌地掉了下來。

我沒有去勸她，應該讓她哭一場的，她一心一意愛上了一個從未見過面的人，但忽然發現這個人三年來和她通信的名字，竟是假的，那如何能夠不難過？她被那騙子騙足了三年！

一直到回到酒店，彩虹的眼也紅了，我送她到她的房間中，才道：「彩虹，你快寫信，和以前的一樣，我立刻就寄出去。」

彩虹洗了一個臉，等我催她第二遍的時候，她才道：「表姐夫，不必再寫什麼信了，我們回去吧，就當從來也沒有這件事發生過好了。」

我立時道：「不行，我非得將這小子從基地中揪出來，給他吃一點苦頭，他別以為，不必負什麼責任，法律或者不能將他怎樣，但是我的拳頭，卻不會放過他，你快寫！」

彩虹嘆了一聲：「表姐夫，他一直在愚弄着我，而我不知道，現在我知道了，他也不能再愚弄我了，還生什麼事呢？」

我大聲道：「不行，你快寫信，一定要將他找出來！」

彩虹顯然也不知道我執拗起來，也那樣難以被人說服，她望了我一會，按鐘吩咐侍者拿着信紙信封進來，她對着空白的信紙發呆。

我道：「不必寫信了，寫了一個信封，塞一張白紙進去，也就可以了。」

彩虹又呆了半晌，顯然是想到了以前和伊樂通信的情形，心中難過。以前，她在寫信給伊樂的時候，可能不住地在幻想，在她的幻想中，伊樂可能是一個風度翩翩、學識豐富、熱情誠實的青年人，是她心中的白馬王子。但是現在，幻想卻完全被殘酷的事實所粉碎，伊樂是一個化名，是一個不負責任、沒有人格的騙子的化名！

彩虹呆坐了好久，才寫好了信封，我連忙隨便摺了一張白紙，塞了進去，親自到郵局將那封信寄出，開始等待譚中校的通知。

我估計那封信，至遲在第二天早上，就可以寄達軍事基地了。

那也就是說，最遲到明天中午，我就應該接到譚中校的電話。

我一步也不離開我的房間，一直到第二天，中午一時左右，電話鈴果然響了起來，那邊才「喂」了一聲，我便已聽出那是譚中校的聲音，我忙道：「中校，結果怎樣？」

「我看到了那封信，衛先生，它一早就被插在信插中，但是午飯已過，所有的人都應該到過食堂，並沒有人拿走那封信。」

我不禁呆了一呆，這頗出我的意料之外，我和彩虹到了這裏，並且向基地方面調查過伊樂，這件事，伊樂不應該知道。伊樂既然不知道我們已在調查他，那麼他就沒有理由不去取那封信！

我呆住了不出聲，譚中校又問我：「衛先生，你看這件事應該怎麼辦？」

我道：「讓那封信仍然插在信插中，或許那傢伙不想在人太多的時候取走它，中校，請你繼續進行監視，直到他取走信為止。」

譚中校說：「好的，看看情形發展如何。」

我放下了電話，向彩虹看去，彩虹的眼皮還有點腫，但是她的神態，卻是鎮定了許多，她走向窗口，望着街上：「我們該回去了。」

我道：「你可以先走，你離開學校太久也不好，我要留在這裏，繼續查下去。」

彩虹略想了一想，便同意了我的建議：「好的，那我一個人先回去。」

我連忙向航空公司查航機的班期，當天下午就將她送上了飛機。

送走了彩虹之後，心中輕鬆了不少，因為我本來最怕彩虹受不起那樣的打擊，她想到了回家，想到了學校，那可以說沒有什麼顧慮了！

那樣，我就可以全心全意地來對付伊樂這臭小子了。

第五部

冒險入基地

我從機場回到酒店之後，譚中校已打過一次電話來，他留下了話，說是半小時後再打電話來，我在電話旁等着，沒多久，譚中校的電話果然來了，可是他所講的一切，又令我失望，那封信，仍然在信插中，並沒有人取走！

我度過了焦躁不安的一夜，一直到第二天下午一時，譚中校第三次來電話，告訴我那封信仍然在信插上時，我不得不失望了！

隔了整整的一天，那封信仍然在信插上，那證明伊樂不會去取那封信。

我想不出其中的可能，唯一的可能，只有伊樂已知道我們來了，但是他怎會知道的？莫非伊樂就是那天晚上，兩個衛兵中的一個？或者，化名伊樂的，就是譚中校？

我又和譚中校討論了一會，承認這個方法失敗，又沒有什麼別的辦法可以將那個伊樂找出來，於是我想起了伊樂的那些信。

我問譚中校，在基地中可有那樣一個學識淵博，幾乎無所不知，但是又不喜歡運動的人。

譚中校的回答是否定。

我又問：「那麼，基地中是不是有一個特別重要的人物，是有六個人在服侍他的？」

譚中校笑了起來：「不可能，基地司令的軍銜是上將，也不過一個副官和兩個勤務兵，不會有六個人服侍一個人的特殊情形。」

我苦笑着，在那樣的情形下，即使我心中一百二十四個不願意，也只好放棄了。

我道：「對不起，麻煩你了，我想你可以撤銷監視，將那封信撕掉算了，我也準備離去了。」

譚中校倒是真客氣：「希望你明白，我真是想幫助你，但卻無能為力。」

我嘆了一聲，放下了電話，開始收拾行李。

一點結果也沒有，多耽下去也沒意思，自然只好回家。

下午五時，我到了機場，飛機五時四十分起飛，辦完了行李過磅的手續，買了一份晚報，坐了下來，等候召喚上機。

我實在沒有心思去看報紙，因為我是遭受了挫敗而回去的，我竟不能查出一個這樣無聊的騙子來痛懲他，那實在十分之不值。

我只是隨便地翻着報紙，但突然之間，卻被一段廣告吸引，那段廣告所佔位置不多，只有兩個字比較大些。

而我就被那兩個較大的字吸引了的，那兩個字是：彩虹。而當我再去看那些小字時，我心頭頓時狂跳了起來，那內文只有幾句，但是已足以使我的行動計劃，完全為之改變。

那內文乃是：「知你已來，但他們不讓我見你，無行動自由，請原諒我，伊樂。」

我當時是坐着的，但是一看到那段廣告，我整個人直跳了起來，我的行動一定太突兀了，是以令得我身邊的一位老太太嚇了一大跳。

我也來不及向那位老太太道歉，奔出機場，召了一輛計程車，一直來到那家報館中，找到了負責處理廣告的人，我指着那段廣告問他：「這段廣告是由什麼人送來刊登的，請你告訴我。」

那位先生有些陰陽怪氣，他用一種非常不友善的態度打量着我，我取出了

那證件來：「我是國際警方的人員，你必須與我合作！」

那人這才道：「一般來說，來登廣告的客戶，受到保護，他們的來歷、姓名，不應泄露，而且刊登的廣告，也沒有違反法律的地方，除非……除非……」

他講到這裏，露出了奸笑，和發出乾笑聲來。

他臉上忽然現出十分奇怪的神色來，我忙問道：「怎樣了？查不到？」

「不，查到了。」他抬起頭來：「可是，那廣告……是軍部送來的。」

「軍事基地送來的，對不對？」我更正了他的話。

他點頭道：「是，是，昨天送來，和一段拍賣一些軍事廢料的廣告一起，今天，兩段廣告一起刊登，你說和一件大案有關？」

「是的。」他已經有點起疑，我不能讓他有懷疑的機會，是以忙肯定地回答着：「請你將原稿找出來，我要看看原稿，兩份我都要。」

他找了一會：「全在這裏。」

他將兩張紙遞了給我，我先看一張，那是一張拍賣廢棄器材的廣告，摺成一隻信封的樣子，上面寫着「後勤科發」四個字。

還有一份，就是那份廣告，廣告和登出來的一樣，而兩張廣告的字體，也是一樣的，顯然是一個人所寫的。這一點並不值得奇怪，廣告可能是擬好了，交給文書人員去抄寫的。

而我翻過來，又看到了四個字，那四個字是「第七科發。」

我自然知道，「第七科」只是一個代號，基於保密的原則而來，它可能是「保衛科」，也可能是「飛彈科」等等，現在，我不知道它究竟是什麼科，但是我卻已經知道，伊樂是在第七科的。

伊樂究竟是怎樣的一個人，看來我的觀念，要來一次大大的改變。

在未曾來之前，我認為他是一個殘障者，後來，我認為他是一個騙子。但是現在，我卻不再認為他是一個騙子，而認為他是一個做秘密工作的人，是以他的行動，幾乎沒有自由。

但是，他是用什麼辦法將這份廣告送出來，在報上刊登，使我能夠看到？

我無法回答這些問題，但是我卻可以肯定，在伊樂這個人的周圍，一定有着極其神秘的事情，那些事的神秘性，可能是我所不能想像的。

我本來想立即和譚中校聯絡。但是我又立即想到，譚中校是基地中的高級軍官，如果基於某種神秘的原因，伊樂不能和外人相見的話，那麼他當然服從決定，而不會違背上級的決定，全力幫助我！

那也就是說，找譚中校，非但沒有用，而且會壞事！

我看了看手表，早已過了飛機起飛的時間，我決定留下來，自有我的行動計劃。

我將那兩張廣告的原稿摺好，放進口袋中，向那人揮了揮手：「多謝你的合作。」

那人一直送我出報館門口，還在不斷問我道：「究竟你要廣告原稿做什麼？」

我笑着：「講給你聽你也不明白的。」

那人和我握手，我離開了報館之後，到了另一家酒店之中，要了一個房間，然後，我關在房間之中，思索着。

其實我的心中，早已有了行動的計劃，這時，我只不過是檢討我的計劃是否可以行得通而已。我的決定是：偷進那軍事基地去！

那的確是一個大膽之極的計劃，我雖有着國際警方特等的身分證明，但是那軍事基地絕對不許別人進去，我若是被發現，不堪設想！

但是我想來想去，卻也只有這一個辦法，可以使我和伊樂見面：我非但要偷進基地去，而且要找到第七科的辦公室！這想想容易，要實行起來，十分困難。

但我還是決定那樣做。

我離開了酒店，買了一些應用的東西，才又回到了酒店之中，一直等到天黑。

天黑之後，我的第一步行動，是帶着我所買的那些應用之物，在酒店停車場中，偷走了一輛汽車，將那些應用的東西放進了車中，駕着車，離開了市區。

我已到那軍事基地去過兩次，已記熟了道路。當我的車子經過那小鎮之後，轉進了一條支路，我知道那條路是通向一片林子去的，而在過了那片林子之後，則是一個小湖。

這一切，全是我從買到的全市詳細地圖中查出來的，我將車子駛得十分小心，令得它幾乎毫無聲息地滑進林子中。

將車子停在隱蔽之處，提着那袋用具下車，翻過了一片小山坡，已經可以

看到圍在軍事基地外的鐵絲網了。

那種有着銳利的尖刺的鐵絲網，足有十二呎高，而且，每隔兩百呎，就有一個相當高的崗樓，崗樓上的探照燈，在緩緩轉動着。

我伏在地上，打量着眼前的情形。

要偷進軍營去，第一，絕不能被探射燈的光芒照到。第二，我必須找到隱蔽的據點以展開活動。

在打量了片刻之後，發現那都不是難事，探照燈轉動的速度並不快，每一轉至少有十二秒是照射不到，我可以在十二秒的時間衝向前去，在崗樓之下，暫時歇足，只有那裏，才是探照燈光芒照不到的死角。

我在探照燈緩緩轉過去之際，發力前奔，奔到了崗樓下，喘了一口氣，等了兩秒鐘，探照燈才照回我剛才奔過去的地方。

我在工具箱中取出了一支電器匠用的電筆，用那支電筆，輕輕碰在鐵絲網上，才碰上去，電筆的一端，便亮了起來。

不出我所料，那是電網！

這軍事基地一定有着極其秘密的任務，要不然，雖然每一個軍事基地都有防守，但也不見得都防守如此之嚴。

戴上了一副絕緣的橡皮手套，然後，取出了一隻十分鋒利的大鉗子，去鉗鐵絲網，我已經十分小心了，但是鉗子鉗斷鐵絲網時，必發出來的那一聲響，仍然令得我嚇了一大跳！

剎那之間，我簡直以為已被人發現，好像已有十數柄機槍對準了背脊，令得我直冒冷汗，人也僵硬了片刻。

我喘了口氣，才開始去鉗第二根鐵絲，直到鉗斷了十根鐵絲，弄開了一個可以供我鑽進去的大洞。

我十分小心地從那洞中鑽進去，因為鐵絲網上的每一根鐵絲全帶電，如果我被其中一根尖刺刺破了衣服，而那尖刺又碰到了我的皮膚的話，那實在不堪設想。

慢慢地通過那破網，終於，穿過了鐵絲網，在一剎那間，我心情之輕鬆，難以形容。在草地之上，打了一個滾。

我本來是想一滾就跳起來的，因為我已經成功地偷進了軍事基地之中。

但是，我這一滾，卻滾出禍事來了。

我才滾出了幾呎，突然之間，我身下的地面一軟，我整個人向下沉去！

那竟是一個陷阱！

幸而我手上還握着那柄鉗子，就在我身子將要跌進去之際，我用鉗子的柄，勾住了一株小樹。那株小樹顯然也不能承受我的體重，另一隻手抓住了草，勉力將身子拖上了地面。

當我肯定自己已到了結實的地面之後，我再藉着黯淡的星月微光，向下看去，我看到的情形，令我伏在地上，半晌起不了身。

那是一道足有十呎深的溝，那溝有六呎寬，緊挨着鐵絲網，在黑漆漆的溝底上，插着很多削尖了的竹片，如果我剛才竟跌了下去的話，那麼，我這時一定已血肉模糊，躺在溝底了。

我呆了好一會，才慢慢站起身來，用力跳過了那道溝，發力向前奔出，五分鐘之後，已奔到了一座非常大的庫房之前。

我在那庫房的門前，停了下來。已經偷進基地來，下一個步驟，是要弄清楚那「第七科」是在什麼地方，才能和伊樂見面。

我也早已安排好了計劃，我走向一條電線杆，那條經過我特意選擇的電線杆，幾乎全隱沒在黑暗之中，我爬了上去。

要分別電線和電話線，並不是一件十分困難的事，我找到了一根電話線，鉗斷，然後拉出銅線來，用最迅速的手法，接在我帶來的一具電話上。

當我接好了線，我拿起電話聽筒，模仿着譚中校的聲音：「怎樣一回事，剛才電話是怎樣一回事？今天是誰當班？」

我也立即聽到了一個慌慌張張的聲音：「列上士，剛才電話線好像斷了，你現在可以聽到我的聲音，已經沒事了。」

「我是譚中校。」我說：「有要緊的事務，你替我接到第七科去！」

在這時候，我等於下了一個賭注，因為我不知道第七科是不是有人在值班，如果有，那我的計劃自然進行得很順利。但如果第七科根本沒有人值夜班，那麼，我還得花一番唇舌掩飾我假冒的身分。

我的心中，自然十分緊張，只聽得接線生立時答應，這令得我安心了些。接着，我便聽到了一個女人的聲音：「第七科！」

我忙道：「我是譚中校，你們有幾個人在值班？」

那女子像是十分奇怪，這點，在她的聲音之中，是可以聽得出來的，她道：「沒有人請病假啊，我們當然是六個人同時值班。」

我呆了一呆，六個人同時值班，六個人，這個數字，使我想起伊樂的信中，曾說他經常和六個人在一起，那麼，他應該是那六個人中的一個？

但是好像又有些不對頭，因為當那女子說「當然是六個人」之際，像那是理所當然，絕不容懷疑的事，而伊樂則說有六個人和他在一起，那麼，連伊樂在內，一共應該是七個人才是。

我自然沒有在那樣的情形下，繼續想下去，我只是立即道：「我是譚中校，現在，有十分緊急的命令，你暫時離開一下，到第五號崗樓附近的庫房來見我，快，立即就來。」

我想，將她引出來，我就可以逼她帶我到第七科去了！

卻不料我的話才一出口，那女子已尖聲叫了起來：「你不是譚中校！你不知道我們絕對不能離開工作崗位！接線生，接線生，這電話是從什麼地方打來的，快查一查！」

我呆了一呆，知道計劃觸礁，連忙拉斷了電話線，滑了下來。

我一着地，便聽到一陣車聲，已經有一輛車子，駛向五號崗亭。

緊接着，警號便嗚嗚響了起來！

那顯然是五號崗亭中的人，也發現有人弄斷了鐵絲網，偷了進來，我連忙向前奔去，可是，在不到兩分鐘之內，至少有三十多輛汽車，開大了燈，從四面八方駛來！我已無路可走了！

如果再向前去，一定會被發現，我所能做的，是立時躲起來。

我迅速地向前奔出了幾步，來到了一扇門前，用最快的手法弄開了鎖，推門而入，又立時關上了門，眼前一片漆黑。

我只知道自己已進入了一所庫房之中，至於那樣是不是安全，不得而知。

我背靠着門站着，連氣也不敢喘，我聽到來回飛駛的車聲，和奔跑而過的

腳步聲，以及呼喝聲，看來不知有多少人在捕捉我！

幾分鐘後，我就聽得有人叫道：「這裏的電線被弄斷，爬上電線杆的工具還在，快在附近展開搜索，不能讓他溜走！」

在庫房外面的腳步聲更緊密，我相信外面每一吋的地面，他們都已搜查過，幸而他們未曾想到搜查庫房裏面，我明白他們不搜查庫房，是以為庫房的鎖十分好，不是隨便弄得開的。

那鎖的確十分好，因為像我那樣的開鎖專家，也弄了六七秒鐘才弄開，但願他們不搜尋庫房的門便收隊，那我就可以逃過去了。

但是，在二十分鐘之後，我又聽得一個聲音叫道：「打開所有的庫房，用強力探射燈照射庫房內部，他一定躲進庫房去了。」

另一個聲音道：「上校，打開庫房，是要基地司令批准的。」

那聲音怒吼道：「快着副官去請基地司令！」

我吸了一口氣，他們終於想到要打開庫房，去請基地司令，再等基地司令將庫房的門打開，那需要多少時間呢？

算它二十分鐘吧，那麼，這二十分鐘就是我唯一可以爭取得到的時間了。我不能到外面去，那麼，我就必須在這二十分鐘內，在這所庫房之中，找到妥善的地方躲起來，好使他們不發現我！

我連忙按亮了電筒，想看看倉庫中的情形。

而當我一按亮電筒之後，我不禁呆了一呆，我看到了兩個很大的支架，斜放在那兩個支架上的，是兩枚各有將近一百呎長的飛彈！

那麼大的飛彈，那是一枚長程的越洲飛彈！

我雖然從來也未曾見過那種飛彈，但是我卻也可以猜得到，多半那種飛彈，還是裝上了核子彈頭的！

也就是說，只要基地司令在某一個地方，一按鈕，帶有核子彈頭的長程飛彈，便會發射，核子戰爭便會爆發，人類的末日，便會來到！

第六部

主理亞洲最大電腦

我現在也明白為什麼這基地防守得如此嚴密，原來它竟是一個核子越洲飛彈基地！

電筒再移動着，整座庫房之中，除了那兩枚大型飛彈之外，沒有別的東西！那也就是說，我沒有藏身之所！

時間在迅速過去，已聽到大聲呼喝「立正」的口號，那表示有高級軍官到場，來的自然是基地司令。

我已沒有選擇的餘地，連忙奔向前去，爬上了支架，然後，順着斜放着的飛彈，在冰涼的金屬體上，向上爬去。

我一直爬到了飛彈的頂端，因為我發現那頂端有一個帆布套子套着。我用一柄小刀割斷了紮緊那帆布套的繩子，鑽進了那套子之中。

我總算找到了一個可以躲起來的地方，我躲在帆布罩之下，為了使我的身子不滑下去，我必須緊抱住飛彈尖端的凸出物。

我所抱的，可能就是一枚核彈頭！

我抱住了一枚核彈！這實在匪夷所思，但是現在我卻要靠這樣來避免被發

現。

等了不到五分鐘，便聽到鐵門被推開的聲音，我低頭看去，也可以看到了燈光，更可以聽到不少人，一齊走了進來。

那時我離地大約有五十呎高，而且又有帆布罩蓋着，我知道自己只要不是蠢得大聲叫嚷的話，一定可以躲得過去的。

我估計至少有一排人進來搜索。

因為庫房之中，根本沒有多少地方可供搜索，是以不到五分鐘，他們便退了出去，門又關上，眼前又是一片漆黑。

抱住了核彈頭的滋味，究竟不是怎樣好受，所以我等了片刻，沒有什麼特別的動靜，我便順着飛彈的彈身，慢慢地滑了下來。

我在考慮着，我在什麼時候走出去才合適。在走出庫房之後，又怎麼樣？

現在這一切情形，全是在我的估計之外的，如果我早有準備，那麼我大可帶些糧食、食水來，在庫房之中，住上它一兩天再說。

但現在我自然不能這樣，我準備在天亮之前就出去，然後再設法去尋找伊樂。

我到了門口，向外聽着，外面各種各樣的聲響，漸漸靜了下來，可能已然收隊了。但是我也知道，即使收了隊，加強警戒，也是必然的了。

我心中十分懊喪，因為我事先未曾料到，我在電話中假冒譚中校，也會有漏洞。

我的漏洞是叫第七科中任何人來見我，但他們的工作，絕對不能離開崗位。在一個越洲核子飛彈基地中，他們擔任的究竟是什麼工作，以致如此緊張？我這時實在想不透，而我也不準備去多想它。

我在聽得外面幾乎已完全靜了下來之後，便用電筒向鎖照去，當電筒光芒照到鎖上的時候，我整個人都像是遭了雷殛一樣地呆住了！

我懂得那種鎖，那種鎖在裏面，除非將整個鎖炸毀，否則絕打不開！也就是說，我無法打開那鎖，絕對沒有辦法，在我的身邊，自然帶有小量的炸藥，也能夠將鎖炸開，但是在發生了一下爆炸之後，我還能逃得脫麼？

我苦笑着，不由自主，在地上坐了下來。

我走不出去了，當然，我不是真的走不出去，但是我卻必須成為俘虜。我在地上呆坐了很久，仍然想不出什麼妥善的辦法。

我考慮着當爆炸發生後我逃出去的可能性，幾乎等於零，最大的可能是我死在亂槍之下！

我唯一活着走出去的可能，是敲打鐵門，等他們聽到了來開門將我活捉！

我當然不喜歡那樣，但是我無法再作其他選擇！

我坐在地上，捧着頭，不住地苦笑着，這時如果我有一面鏡子的話，我一定可以在鏡子之中，看到一個窮途末路的傻瓜。

過了不知多久，我才將耳朵貼在鐵門上，向外面仔細傾聽。

我聽到了不絕的腳步聲，那自然是守衛所發出來的，那些腳步聲，使我爆門逃生的希望告絕，我在巨型的飛彈之下，團團打轉，我曾克服過許許多多的困難，應該有辦法的！

在考慮了將近半小時之後，才想出了一個辦法：設法將那把鎖拆下來！

如果拆下了鎖，就可以打開鐵門，可以等待機會偷偷打開鐵門溜出去。我充滿着希望，又回到了鐵門前，但是，當電筒照到了那把鎖的時候，我的希望又幻滅了。

那把鎖焊死在門上，如果有適當的工具，我自然可以將它弄下來，但是我卻沒有工具！

而且，即使我有工具，也不能不發出聲響，只要一發出聲響，那結果就像是我自己拍門，求他們放我出來一樣。

在接下來的幾小時中，我設想了幾十種離開這庫房的方法，但沒有一個辦法行得通，我用電筒照射着庫房的每一個角落，希望有一個地方可使我逃出去。

但是，一直到電筒中的乾電耗盡，還是找不到什麼出口。

在我被困在庫房中八小時之後，我已筋疲力盡，心力交瘁，又渴又餓，再也沒有法子支持下去了；我的腦中昏昏沉沉，不能再多想什麼。

我腳步踉蹌地來到了鐵門前，準備投降。

我用力拍着鐵門，我還未曾出聲，便聽得鐵門外起了一場混亂，一定有很多人向鐵門奔過來，因為腳步聲是如此之雜沓，而且人聲嘈雜。

不一會，便有人大聲問：「什麼人？」

我應道：「我，就是你們要找而找不到的人。」

外面也立時有了回答：「將手放在頭上，別動，等基地司令來下令開門，門打開時，如果你雙手不放在頭上，那我們立時開槍掃射！」

我想告訴門外的人，不必叫基地司令前來，只要用一把簡單的百合匙，就可以將門打開，而我就是那樣走進庫房來的。

但是，我卻忍住了沒有說，我只是道：「好的，但是請你們通知譚中校，告訴他，和國際警方有關的衛斯理在這裏，請他來見我。」

外面傳來了一陣低議聲，我聽不清他們在議論些什麼，但是他們顯然是為了一個偷進軍事基地來的人，竟會和國際警方有關連而感到奇怪。

但他們還是答應了我的要求：「好的，我們請譚中校來。」

我後退了幾步，等着。

大約等了半小時，便聽到了汽車疾馳而來的聲音，接着，鐵門上發出了聲響，我記起了守衛給我的警告，連忙將雙手放在頭頂上！

接下來的時間，可以說是我一生之中，最最狼狽的時刻！

而我之所以會處身在如此狼狽的境地之中，竟是因為我妻子的表妹的筆友，這樣的事，講出去給人家聽，人家也未必相信，而自己想起來，也只好啼笑皆非！

鐵門一打開，好幾盞探射燈，一齊照射在我的身上，同時，我估計至少有十柄以上的衝鋒槍對準了我！

在那樣強烈的光芒照射之下，我幾乎什麼都看不到，在剎那間的感覺，就像是赤身露體而站在許多衣冠楚楚的人面前！

我想向前走去，但是我才跨出了一步，便至少有十個人同時喝道：「別動！」

我只得又站住了不動，接着，我便聽到了譚中校的聲音：「衛先生，果然是你！」

而另有一個聽來十分莊嚴的聲音道：「中校，這是什麼人？」

譚中校道：「我很難解釋，但是將軍，他是國際警方所信任的人，他有一張特殊的證件，有我國警務總監的簽名，國防部也曾特別通知，要我們幫助他。」

將軍十分惱怒：「包括讓他偷進秘密基地來？哼，太荒唐了！」

譚中校倒十分肯替我辯護，忙道：「我想他一定有原因，將軍，交給我來處理好了！」

我可以完全聽到他們的交談聲，但是我卻一點也看不到他們。

將軍像是在考慮，過了幾分鐘，他才道：「你卻必須明白，本基地絕對不能對外公開，而這個外來的人，卻已經知道了本基地太多的秘密，你要好好處理。」

譚中校忙道：「我知道，將軍，請相信我。」

「好！」將軍回答着：「交給你了！」

接着，便是腳步聲和車聲，然後，便是譚中校的聲音：「將燈熄了。」

我的眼前，突然發黑，等到視力漸漸恢復之際，我看出，現在只不過是天色黃昏時分，在我的面前，仍然有十幾柄槍對着我，而譚中校就站在我的身前不遠處，望着我。

我苦笑了一下：「中校，我們又見面了！」

譚中校點頭道：「是的，又見面了，但是想不到在這樣的情形下！你為什麼要偷進基地來？你可知道，即使你有那樣特殊的身分，也很難為你開脱！」

我嘆了一聲：「我可以喝一點水，坐下休息一會？我給你看一樣東西，你就知道為什麼了！」

譚中校又望了我片刻，才帶點無可奈何的神氣道：「好的，上我的車。」

我和他一齊上了一輛吉普車，五分鐘後，已在他的辦公室中，我坐在沙發上，喝了一杯牛奶之後，才將那廣告稿取了出來，交給他看。

譚中校用不到幾秒鐘的時間，就看完了那段稿子，他的臉上，出現了疑惑之極的神色，抬起頭來望着我，一句話也不說。

我忙道：「中校，現在你知道我是為什麼要來了？伊樂在軍事基地中，他隸屬於第七科。中校，你能解釋為什麼他行動不能自由的原因？」

譚中校臉上的神色，仍然是十分怪異，他在聽了我的話之後，卻連連搖頭，道：「不可能，衛先生，那不可能。」

「你那樣說，是什麼意思？」

「第七科一共有二十四名軍官，日夜不停地輪值——」

「伊樂一定就是那二十四名軍官之一！」

譚中校苦笑道：「所以，我說那不可能，第七科的二十四名軍官，全屬女性。」

我從沙發上直跳了起來，然後又坐下。

第七科的所有軍官全是女性！

我苦笑着，實在不知道說什麼才好，我對伊樂這個人，曾作了許多估計，估計他是一個殘障人，估計他是一個騙子，但現在看來，似乎還應該加多一樣估計，那便是：伊樂可能是一個心理變態的同性戀者！

我實在啼笑皆非，望着譚中校，一句話也講不出。

譚中校皺起了雙眉，揚了揚手中的廣告稿：「從廣告稿看來，似乎事情沒有那麼簡單，通常，基地如果要刊登廣告，由各科交來，秘書處統一發出去，毫無疑問，這廣告一定是第七科二十四位軍官中的一個擬寫的。」

我忙道：「那個人就是伊樂。」

譚中校同意我的說法：「或者是，我們一起去調查，衛先生，你可知道，基地中的第七科，是主理什麼的？」

我搖頭道：「不知道。」

「那是電腦計算科。」譚中校說：「這個科主理着全亞洲最大的電腦。」

我並沒有出聲，譚中校又道：「這具電腦，不但是基地的靈魂，而且也是我國國防的靈魂，更是盟軍在亞洲防務的靈魂，它和一個龐大的雷達系統連結着，敵人來自空中的攻擊，即使遠在千里之外，它也可以立時探索得知，在熒光屏上顯示出來。」

我道：「所以，第七科的工作人員，在工作時間，是必須嚴守崗位，不准離開。」

譚中校笑道：「當然是，因為如果敵人對我們展開攻擊，絕不會事先通知我們，對麼？」

他頓了一頓，然後再說：「由於這種工作，需要極度小心才能勝任，所以我們在第七科的工作人員，全是女性。」

我吸了一口氣：「中校，從你所說的看來，我想事情比我想像還要複雜，

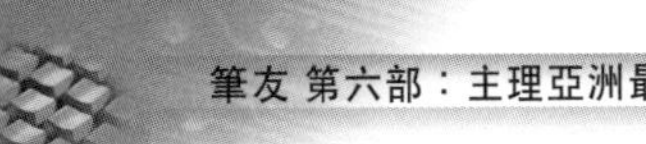

那廣告的原稿，你也看到的了，它的來源如何，希望你能調查。」

譚中校道：「好的，明天一早就展開調查，你今晚必須暫留在基地之中，並且有人看守你。」

我在沙發上躺了下來，十分疲倦，我道：「不成問題，請便。」

譚中校向外走了出去，我雖然心事重重，但是終究敵不過疲倦，還是睡了過去。

一夜之間，不知做了多少稀奇古怪的夢。

我先夢見伊樂是一個坐在輪椅上的殘障者，接着又夢見他是一個油頭粉臉的愛情騙子，然後又夢見他是一個不知從何處來的怪人。

當我夢到伊樂原來也是一個女人，而且是一個同性戀者時，醒了過來，陽光已射進窗子。我坐起身來，不多久，我就聽到腳步聲，行敬禮聲，譚中校推門走了進來。

譚中校的面色十分凝重，他望了我一眼，在我的對面坐了下來。

我忙問他：「調查過了麼？」

譚中校並不立時回答，只是燃着了一支煙，深深地吸了幾口，才道：「是，調查過了。」

「那廣告是由誰發出去的？」

「沒有人承認，一位專理文書、翻譯電腦文字的軍官說，是由她從電腦的文字帶上翻譯過來的，夾雜在別的電腦指示文件之中，她只當是上級的命令，就照譯好了之後，送到了秘書科去，廣告稿一到秘書科，自然就發到報館去了。」

我呆了一呆：「我有點不明白，什麼叫作電腦的文字帶？」

譚中校向我望了一眼：「我們的這具電腦，最主要的構成部分之一，便是將答案通過一條半吋寬的紙帶，傳送出來，紙帶上全是小孔，在不懂的人看來，一點意義也沒有，但是在專家看來，那就是文字了。」

我點頭表示明白，又道：「那麼，這則廣告雖然是由電腦的文字帶傳譯過來的，也一定有人控制電腦，令得它傳出那樣的文字來的。」

「那當然。」譚中校同意我的看法。

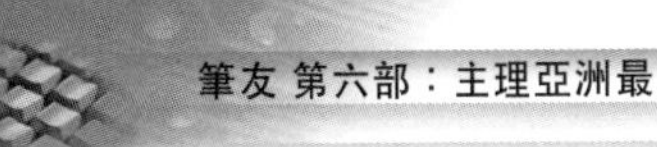

接着，我和他兩人，異口同聲地道：「那就很簡單了，使用電腦，令電腦發出那樣文字帶來的人，一定就是伊樂了！」

譚中校直跳了起來：「我們的偵查範圍縮小了許多，電腦傳出所有的文字帶，都有紀錄，根據紀錄，我們可以知道是什麼時候傳出來的，當時在場的六個人，自然是最大的受嫌者。」

我點頭道：「那你應該立即去展開調查。」

譚中校匆匆推開門，走了出去。

我在他的辦公室中，又等了大約三十分鐘，只見一個軍官推門走進來：「衛先生，譚中校請你去。」

我忙道：「他在什麼地方？」

「他在第七科。」那軍官回答。

譚中校在第七科，而且又請我去，那一定是他的調查已經有結果了，那使我十分興奮，我連忙向外走去。那軍官帶着我，上了一輛吉普車，車子來到了一幢十分宏偉的建築物前，停了下來。

接着，通過了三道檢查，又經過了一扇厚達尺許的鋼門，我便看到了那具電腦！

那具電腦，幾乎佔據了三千平方呎的空間，其大無比，各種各樣顏色的小燈，各種的的答答的聲音，許多幅閃耀着各種光芒的熒光屏，六組各種按鈕的控制台，使得人一走進來，有置身在另一個世界中之感。

（一九八六年按：二十年前，電腦組件十分巨型，小型電子計算機才初面世，電腦的進步極快，現在，再有那麼大的電腦，功能當更驚人！）

這時，在每一組控制台前，都有一位女軍官，全神貫注地工作。

那軍官打開了一道門，我走進了那道門，就看到了譚中校。

那是一間小小的休息室，當門關上之後，外面的一切聲響都被隔絕。

在房間中，除了譚中校之外，還有六位女軍官。

那六位女軍官的年齡，大約是二十五歲左右，她們的面色蒼白，現出驚惶之色，看來她們六個人，都犯了罪。

照說，她們六人之中，自然有一個是化名伊樂和彩虹通信的人，其餘五個

人，應該是無辜的，但為什麼她們的神色，都如此驚惶呢？

我一進去，譚中校便道：「請坐！請坐！」

譚中校的面色，也十分難看，我坐了下來之後，譚中校搓着手：「衛先生，我代表我們國家的軍隊，向你道歉，因為在我們的軍隊之中，竟發生了那樣荒唐絕倫的事情！」

我心想，他所謂「荒唐絕倫」的事情，自然是指女軍官化名和彩虹通信一事了，我也有同樣的感覺。我還不知道那是她們六個人之中哪一個做的事，是以我向她們六人瞪了一眼：「對，那的確荒唐之至。」

譚中校又道：「衛先生，你一定不能相信——」

他的話未曾講完，我已經道：「中校，請你先告訴我，哪一位小姐是伊樂，我想告訴她，她的無聊之舉，令得一個女孩子多麼傷心。」

譚中校苦笑了一下：「衛先生，沒有伊樂。」

我陡地一呆，剎那之間，我充滿了受戲侮的感覺，我一定發怒了，因為我的臉頰發熱，聲音也大了許多：「什麼意思？」

「沒有伊樂，」中校重複着：「世上沒有伊樂這個人，衛先生。」

我瞪着他，不知如何開始責問他才好，他竟然賴得那樣一乾二淨，這太豈有此理了！

第七部

電腦活了！

我的神情十分震怒，譚中校連忙搖着手：「聽我解釋，一切全是她們六個人做出來的，她們嚴重地違反了軍官守則，一定會受到極嚴重的處分！」

我完全糊塗了，根本不知他在說些什麼。

譚中校又道：「你或許不明白，由她們自己來說，或者你會明白一些的。」我向她們看去，她們都低着頭一聲不出，譚中校大喝道：「快講，當初是由誰最先想出來的，曼中尉，是你，你說！」

六位女軍官中，有一個抬起頭來。

她是六人之中，年紀最輕的一位，圓臉、大眼，看來十分精靈，但這時她卻像代罪羔羊一樣地望着我，過了一會，才道：「那最先是我的主意，我想，如果將一封信……送進電腦去，讓電腦來回信，不知是什麼樣的結果，那是在三年前開始的，我們隨便在一本雜誌上剪下了一則徵友的啟事……」

我吸了一口氣：「高彩虹的徵友啟事。」

「是的，我們隨便剪下來，那只不過為了好玩，想看看電腦的反應如何，徵友啟事上，有着高彩虹的興趣、愛好和年齡，我……將之翻譯成電腦的語

言，結果，我們得到了一封回信，由我翻譯繕寫了寄出去。」

我苦笑着，坐在沙發上，根本不想站起來，原來是那樣的一個玩笑！

我的話聽來也顯得有氣無力：「三年來，擔任回信角色的，一直是電腦？」

「是的。」那女軍官的面色更惶恐了，「電腦沒有名字，我們隨便取了一個名字叫伊樂，我們將高彩虹的來信，譯成電腦文字送進電腦去，回信就由電腦自己完成，三年來一直如此。」

我又深深地吸了一口氣，閉上了眼睛，在那片刻間，我記憶着彩虹給我看的那些信，我發現那女軍官此際所講的，一點不錯，因為除了一具電腦之外，是不會有一個人有那麼豐富的學識，幾乎無所不知。

在信中「伊樂」說有六個人服侍他，那自然是輪值的六名軍官。

我迅速地轉着念，可是突然之間，我卻睜大了眼，自沙發上直跳了起來！

我如此突兀的行動，一定出乎所有人的意料，因為人人都瞪大了眼望着我，不知發生了什麼事。

這時，不但他們不知發生了什麼事，連我自己的心中，也是混亂到了極點，因為我想到了一點不可能發生的怪事！

我搖着雙手：「不對，不對，這其中有一點不對！」

那女軍官望着我，仍不知我是什麼意思。

我道：「那些信，我全看過，你自然也全看過？」

「當然，都是我經手翻譯的。」

「我想，你一定也看得出，那些信中，充滿了感情，那是極濃的感情，是人類的感情，而不是電子儀器所能產生出來的感情！」我幾乎是尖聲叫嚷着。

那女軍官苦笑着：「我們早就發現了這一點，但我們卻不知道事情會發展得那樣嚴重，你和彩虹小姐竟會找到基地來——」

我打斷了她的話頭：「不是，我不是這意思，我是在問：電腦的覆信，竟充滿了人類才有的感情，你有什麼解釋？」

那位女軍官並沒有出聲，另一位年紀較大的女軍官道：「我能解釋，我是經過嚴格訓練的電腦專家，我可以解釋這一點。」

「請說。」

「電腦雖然是死的儀器，但是，根據人類給予它的資料，它也會作出變化的反應，一具電腦之中，所儲存的資料如此之多，而且全是人給它的，那麼，在它的反應中，含有人的感情，也就不是什麼奇怪的事情了。」

這樣的解釋，我勉強可以接納，但是我的心中，卻仍然有着兩個極大的疑問！

我先提出了第一個大疑問來：「各位，你們一定不能否認這一事實，那便是，要和彩虹見面，是電腦自己提出來的，在信中，它還說你們不讓它有行動的自由，這……不是太過分了？」

那年紀較大的女軍官點頭道：「是的，我們在看到了這封信之後，也覺得這個遊戲應該停止了，我們也感到，這具電腦的情緒，已不受……控制了。」

「你說什麼？」我大聲問：「電腦的情緒？」

「我應該說是電腦的反應，電腦的反應，就是電腦積聚資料的自然反應，電腦認為在通信三年之後，雙方該見面了，因為一般筆友在通信三年之後都會這樣提出來，並不值得……奇怪。」

我直視着那女軍官：「小姐，你在作違心之言，你是電腦專家，你並不是不覺得奇怪，而是覺得奇怪透頂！因為，電腦對你們發出了怨言，埋怨你們限制了它的自由，不讓它見彩虹！」

那位女軍官的臉色，頓時蒼白得可怕！

譚中校也因為我的如此突兀的話，而突然高聲叫了起來：「衛先生，你在說些什麼？」

我做着手勢，令他們全都別出聲，然後我才道：「中校，我是說，電腦在經過了三年通信之後，電腦本身，已因之而產生了一種新的情緒，這種情緒，日積月累而生，出乎她們幾位意料，中校，這具電腦，愛上了高彩虹！」

譚中校在聽了我的話之後，他臉上的神情，像是服食了過多的迷幻藥一樣！他張大了口，望了我好一會，才道：「衛先生，你……是在開玩笑？電腦怎會愛上一個人？」

我並不直接回答譚中校這個問題，只是道：「你可以問她們，她們全是電腦專家。」

譚中校立時向那六位女軍官望去，她們六人的面色都很難看，在靜默了幾分鐘之後，年紀最長的那位才嘆了一聲：「中校，衛先生的話，或者是對的，我們都發現……發現……電腦在……彩虹這件事上，不受控制……而且……」

「而且怎樣？」我和譚中校齊聲問。

「而且……」那女軍官硬着頭皮講了出來：「而且它曾向我們提出最後警告。」

我那時，臉上的神情大約也和服了過量的迷幻藥差不了多少，因為我的聲音，在我自己聽來，有虛無縹緲之感，我反問道：「警告？」

那女軍官道：「是的，電腦曾自動傳出文字帶，說它必須和彩虹見面，否則……否則……」

「否則怎樣？」我急不及待地問。

「否則它就……自己毀滅自己。」女軍官回答。

譚中校站了起來，雙手無目的地揮動着，像是要揮去什麼夢魘一樣，他道：「夠了，夠了，太荒謬了，事情到了這裏已告一段落，衛先生，請你將一切轉告高小姐，我們會處分她們。」

我沉聲道：「中校，事情並未告一段落。」

「還有什麼？」

「還有那段廣告稿，中校。」我緩慢地回答着。

譚中校顯然不明白我的話是什麼意思，是以他瞪大了眼睛望定了我。

我重複着：「電腦那段廣告稿，譚中校，曼中尉，你們都不覺得奇怪？我想你們六個人之中，誰也不曾控制過電腦，發過那段廣告吧？」

那六名女軍官甚至不知道有那段廣告這件事，而等我解釋清楚之後，她們都駭然之極：「當然不是我們，那是……那是……」

她們遲疑着未曾說出來，譚中校卻已咆哮了起來：「那是什麼？」

年紀最長的那位軍官站了起來，她的面色十分蒼白，但是她臉上的神情，卻是十分嚴肅，她先向譚中校行了一個軍禮，然後道：「中校，必須立即向最高當局報告這情況。」

「報告什麼情況？」譚中校有點無可奈何。

「那具電腦，」女軍官頓了一頓：「中校，那具電腦，我們認為……或者說我個人認為那具電腦……它……活了。或者不應該說它活了，而應該說……應該說……」

她顯然找不到適當的詞彙來形容電腦發生的變化，是以她遲疑着說不下去。我立時接上了口：「應該說，電腦在積存的資料的基礎上，產生了新的、不受人類控制的思想，電腦的這種思想，通過文字帶表達出來。」

我的話，令得那六名女軍官點頭不已。

譚中校的臉上，現出詭異莫名的神色來，苦笑着：「如果我將那樣的情形報告上去，那麼，上級一定將我送到精神病院去。」

我正色道：「中校，事情發展到如今這般地步，和我個人已完全沒有什麼關係，但對你們國家，卻有着極重大的影響，這具電腦，現在的確已有了它自己的感情、自己的思想，這是不容忽視的問題，你必須將之報告上去，請第一流專家來挽救這件事！」

譚中校顯然已被我說動了，雖然他的口中還在不斷喃喃地道：「荒謬，太荒謬了！」

他站了起來：「我照你們的話去做，衛先生，你還必須在看管之下，留在這裏，我去會晤基地司令，商討對策。」

譚中校帶着副官，走了出去。

我在譚中校的辦公室中，和那六位女軍官又交談了片刻，使我對整件事的來龍去脈，知道得更清楚。她們六個人，將彩虹的來信送進電腦去，又將電腦的覆信寄給彩虹，以此為樂，那自然是一種十分無聊的行動。

但是值得原諒的是，她們的確未曾想到，事情會有那樣嚴重的後果。彩虹會從電腦的覆信中愛上了「伊樂」，其實那不足為怪的，因為這具電腦積聚的資料極多，世界上沒有任何人有那樣豐富的知識，也沒有任何人會有那樣好的文采，更沒有任何人能從一個人的信中如此深刻地了解對方的心理。

由電腦來扮演大情人的角色，那自然是世界第一，難怪彩虹墮入情網。

我和彩虹一起找到基地來，向譚中校查詢基地中有沒有一個人叫作「伊樂」。譚中校是資料科的主管，全部資料，包括人事資料在內，都儲存在電腦

之內，譚中校要查有沒有「伊樂」這個人，一定要通過電腦，是以那六位女軍官也立時知道我和彩虹找上門來，她們知道闖禍了！

在她們知道之後，自然不敢再去取那封信，這便是那封信一直放在食堂的信插中無人來取的原因。

本來，她們六人只要能保守秘密的話，不會再有什麼人知道她們曾玩弄過這樣一個「遊戲」。

但是，那廣告卻突如其來地出現在報紙上！

據她們六人所說，那段廣告稿，並不是那具電腦第一次不受控制地自動傳出的文字帶，在那段廣告稿之前，還有許多文字帶，其中甚至有威脅要自我毀滅的語句，但都被她們六人收起來了。

可能是電腦也知道了這一點，是以那段廣告稿的文字帶傳送出來之際，並不是那六人當值的時候，另一班當值的軍官，並不知道有那樣的「遊戲」，也不知道這具電腦自己已有了思想，自己有了行動，看到有文字帶傳出來，自然照譯送出去。

所以，我才看到了那段廣告。

對整個事情的過程，我都有了十分清楚的了解，但是我卻如同跌進了一片迷霧中一樣：那具電腦活了，這實在太不可思議了！

或許，那「活」字用得不十分恰當，但它的確是活了，它有自己的思想產生，那種思想，並不是積聚的資料，而是在積聚的資料之中產生的。

電腦在某種程度上，和人腦十分相似，人腦在人的成長過程中，不斷地吸收知識，就和電腦不斷增加資料的積聚一樣。

人腦在吸收知識到了一定程度之後，很多反應超乎吸收的知識之上，有新的發明、新的思想產生。新是在舊的基礎上產生出來的，人腦能夠產生新的東西，電腦在同樣的情形下，為什麼不能？

我愈想愈感到可怖，感到我的身子，像是浸在冰水之中！

這具電腦如今因為「愛情」的困擾，它的「情緒」正在極度的惶惑不安之中，而它，卻是負擔着這個長程核飛彈基地的最重要責任！

我相信，那麼多枚的長程核彈，一定由電腦控制發射，如果它「胡作非為」起來……

我一連打了幾個冷顫，我必須將我想到的這一點，告訴譚中校和基地的最高負責人，因為事情實在太嚴重，嚴重到了難以想像的地步！

我忙對那年紀最長的女軍官道：「你們所說的電腦不受控制的情形，是怎樣的？」

那女軍官苦笑着：「當我們當值的時候，文字帶會自動傳送出來。」

我深深地吸進了一口氣：「電腦有自己工作的能力，有這可能麼？」

那女軍官給我逼問得哭了起來：「我不知道，照理論上說，是可能的，只要有電源，它就能有動作，我不知道會有那樣的結果。」

我正色道：「我不是在恐嚇你們，你們可曾想到，電腦如果有自動工作的能力，它如果『發怒』了，會有什麼結果？我想，長程核子飛彈的發射，一定由它控制，如果它也自動一下的話——」

在我一開始講話的時候，譚中校和兩位將官，以及幾個便服人員，已走了進來。但是我還是繼續着我的話，到我講完，那位女軍官已經尖聲叫了起來：

「切斷電源，快切斷電源！」

譚中校則抓住了她的手臂，喝道：「你叫什麼？電腦的電源系統是獨立的，不能切斷，因為它在電腦的中心部分。」

我忙道：「那是什麼意思？」

「這具電腦在建造之初，就預算它要二十四小時不停、經年累月地工作，所以它的電源是特殊設計的，在電腦的中心部分，由電腦自動控制發電，那也就是說——」譚中校苦笑了一下。

「那怎樣？」

「就算我們切斷了電源，但如果事實如你所說，那電腦已經『活』了的話，那麼，它也會再開啟電源，衛先生，剛才你提到長程核子飛彈，不幸得很，事情正如你所言，飛彈的發射，全由電腦控制！」

我頓着足：「那你們還不想辦法？」

譚中校的面色很難看，他道：「我先替你引見，這兩位，是基地司令和副司令。」

我和兩位將軍握了手。

譚中校又介紹兩個便衣人員，那是兩個身形高大的西方中年人，他道：「這兩位，是基地的高級技術顧問，是我國軍隊的貴賓，他們全是電腦專家，是這具電腦的主要設計人。」

我只和他們握了手，然後嘆道：「事情十分嚴重？」

一位顧問道：「我們要證明電腦是不是除了積聚的資料之外，產生了屬於它自己的思想。」

我道：「這幾位軍官可以證明這一點，當然，我們還可以進一步再去證明一下。」

基地司令道：「我已和國防部長談過，可以暫停電腦工作一小時。」

「司令，」曼中尉說：「電腦的正常工作，不必停頓，它有十二個文字帶的傳送口，我們可以在其中任何一個傳送口的文字帶中，得知電腦的想法。」

我們互望着，心中都有一種奇異之極的感覺。

人類大約是覺得人和人之間，無法徹底了解和互相信任，所以才發明了電腦，將一切最重要的工作，交給了電腦。

人類以為電腦是人最忠實的伙伴，因為電腦是死的，電腦的一切知識，全是人給它的。但是卻未曾料到，電腦也會活，也會產生它自己的思想。如果有一天，電腦會完全背叛人類，那實在也不稀奇。

我們一齊向外走去，在電腦控制台前值班的另外六名女軍官，仍然在全神貫注地工作。

我們來到了其中一個控制台前，基地司令親自對那位守在控制台前的女軍官下了命令，那女軍官才離開了她的工作崗位，而由曼中尉坐上了控制台前的椅子。

曼中尉才一坐了上去，令得我們目瞪口呆的事便立即發生！

控制台上的十幾排小燈，突然閃亮起來，燈光一排又一排地迅速走動着，但是我們中的每一個人，都看得十分清楚，曼中尉的手，並未曾觸及任何按鈕。

接着，文字帶的傳送口上，紅燈亮起，有節奏的「得得」聲響了起來，文字帶開始轉了出來。

（一九八六年按：現在電腦表示意見的方式，早已變成通過終端熒光屏來顯示，但早期電腦的表達方式，確然如此。）

不是專家，無法看得懂紙帶上的文字，因為那看來只是一個個的小孔。

曼中尉和那兩位顧問全是專家，文字帶才一傳出來，曼中尉便執住了文字帶的一端，緩緩向外拉着，她的臉色灰白。

那兩位顧問的臉上，也現出了極之古怪的神色來，當文字傳出了足有三呎長短之後，一位顧問道：「中尉，請你告訴它，我們會設法。」

曼中尉的手指有些發抖，但是她的手指，仍然在控制台前的幾列字鍵上迅速地敲打着。在曼中尉開始在字鍵上敲打之後，文字帶也停止傳送，司令和副司令已齊聲問道：「它說些什麼？這些字帶上說什麼？」

兩位顧問苦笑着：「它說：『我要見她』，這句話重複了……七次之多，然後它說，如果見不到……彩虹……那它就毀滅自己，毀滅一切。它最後一句話是：你們應該知道我有這力量！」

兩位將軍一齊笑了起來，他們在那樣的情形之下發笑，顯然是想要令得氣氛輕鬆些，想所有的人都認為那是一件可笑的荒唐的事！

但是由於他們自己的心中，首先不那樣認為，是以他們勉強作出來的笑聲，令人遍體生寒。

而他們也聽出了他們的笑聲，起了很壞的反效果，是以他們立時又停止了發笑。而當他們停止發笑時，氣氛更加惡劣！

副司令用一種聽來十分奇怪的聲調道：「太無稽了！電腦竟會用那樣的話來威脅我們，我們所看到的一切，全是事實？」

那兩位顧問先生顯然比較容易接受事實，因為他們立時齊聲道：「是的，是事實。」

接着，一位顧問在我的肩頭上拍了一拍：「衛先生，你有超特的想像力，所以才想到電腦已有了它自己的思想，現在電腦一定要見那位小姐——」

我大聲道：「那是沒有意義的，電腦只是一具……」

我本來想說「電腦只是一具機器」，「但如今這具電腦，就算彩虹站在它面前，它也看不到的。」

那顧問搖着頭：「不，事實上它看得到，它有二十四個觀察點，觀察點是無線電波反射原理所構成，它『看』到的東西，也存入它的記憶之中，它曾經認出過兩架國籍不明的飛機，是蘇製的米格十九型。」

第八部

電腦的愛情

我張大了口，說不出話來。

另一位顧問道：「我們最好不要違拗它，因為它責任重大，最好請那位小姐來，站在它的觀察點前，讓它看看。」

我團團地轉着，在那樣的情形下，我實在不知道該用什麼樣的動作，來表示我心中的情緒才好，在轉了好幾個圈之後，我才道：「那麼，你們必須弄清楚一點，這個被寵壞了的孩子，它的目的，絕不止看看那位小姐，它還『愛』着那位小姐，說不定它在『看』到了那位小姐之後，愛她更甚，要和她結婚！」

我是想一面說，一面哈哈大笑起來的，因為那實在是非常好笑的一件事。

可是，我又卻一點也笑不出來！

在我講完了之後，所有的人都沉默着，不出聲，因為他們都知道我的話是真的。

就在那時候，傳送文字帶的轉盤，又再度自動地轉動了起來，曼中尉忙又拈起文字帶來讀道：「我已等得不耐煩了，我知道彩虹在，她是來看我的，我要見她，一小時之內要見她，不然照我的計劃行事！」

「一小時！」我們幾個人都呻吟似地叫了起來。

我忙道：「那不可能，彩虹已回去了，一小時無論如何不行，快對它說！」

曼中尉連忙又按動着字鍵，但是文字帶再度傳出，只是重複着一句話：「一小時，從十四時三十一分十五秒起計算，一小時。」那簡直沒有通容的餘地了！

我們互相望着，基地司令最先開口：「如果一小時之內找不到那位小姐，那會有什麼結果？」

他那個問題，是向那兩位專家發問的。

兩位顧問呆了片刻，才道：「我們不敢說，但是我們的勸告是，千萬別冒這樣的大險，電腦的自動控制系統，可以做很多的事，如果——」

他們也難以講得下去，只是搖頭苦笑着。

而他們的話雖然未曾講完，我們也全可以知道他是什麼意思。

他們的意思是，如果電腦的自動控制系統，在電腦的那種「情緒」之下作反常的活動，那麼，說那是人類末日到了，也不為過！

基地司令的面色十分蒼白：「那……那我們怎麼辦？難道沒有法子可以對付它？」

顧問道：「有是有的，可以拆除它的自備電源，使整個電腦停止活動！」

「那就快拆除它的自備電源！」

「但是，」顧問抹着汗，「那至少得兩小時以上的工作，才能接觸到自動供電的電源中心，再加以破壞，而我們的限期，只有一小時。」

司令也開始抹汗：「那和它商量，將限期改為三小時，快和它商量！」

曼中尉輕巧的手指，又不斷地在字鍵上敲了下去。我們幾個人，都被一種詭異之極的氣氛所包圍。現在，我們在就一件極嚴重的事展開談判，但是我們的談判對象，卻是一具電腦。

在曼中尉的手指停了下來之後，文字傳送帶又轉動了起來，文字帶一節一節地傳送出來。

兩個顧問拈起文字帶來，從他們臉上那種苦笑的神情，我就知道，提議已被拒絕！

果然，一個顧問一字一頓地念着文字帶上的話：「三小時，那足夠拆除電源，使一切停頓，不行，只是一小時，還有五十六分三十秒。」

基地司令脫下了將軍帽，用力抓着他已然十分稀疏的頭髮：「通知國防部，通知全世界，快改變預定的飛彈射擊路線，使飛彈發射到大海去，快！」

兩名女軍官立時答應着，她們不斷操縱着儀器，但是四分鐘之後，她們面青唇白地來報告：「司令，電腦完全失靈了！」

一個顧問道：「不是失靈，而是它不聽指揮，由於它失戀，它已下決心要毀掉全世界，它甚至不肯讓飛彈在海中爆炸。」

我也苦笑着：「其實，那麼多核彈，在大海中爆炸，和在大城市中爆炸，有什麼不同？」

另一個顧問道：「多少好些，雖然免不了是毀滅，但至少可以有幾個月的時間，給人類去懺悔，為什麼要製造那麼多核武器！」

基地副司令突然抓住了曼中尉的肩頭，將曼中尉從座位上直提了起來。

抓住曼中尉的，雖然只是副司令一人，但是基地司令卻也參加了對曼中尉怒喝，他們兩人一齊罵道：「都是你，都是你闖下的禍！」

曼中尉的神色蒼白之極，睜大了眼，一聲不出。

在那樣的情形下，幾乎每一個人的行動，都有點失常的，連我也不例外，我突然手起掌落，重重地一掌，砍在副司令的頸際。

那一掌，令得他痛極而嚎，鬆開了曼中尉，退開了幾步，而我已立時一轉身，伸手抓住了基地司令胸前的衣服，基地司令身上的將軍制服，本來是威嚴的象徵，是令人一望便肅然起敬的。

但是我們已知道，世界末日離現在只不過幾十分鐘，還有什麼值得尊敬的？

我揪住了將軍的衣襟，厲聲道：「別將責任推在曼中尉一個人的身上，如果不是你們這些將軍，那麼熱中於核武器，怎會有那樣的事發生？你們設立那樣龐大的核武器基地，不是為了有朝一日可以使用核武器？現在好了，你們如願以償了！」

基地司令氣得張大了口，說不出話來。

我用力向前一推，基地司令跌出了兩步。我揮着手，大叫道：「每個人都

盡快趕回去吧，快些趕回去，或許還來得及和你們最親愛的人，擁抱着一齊迎接死亡，快走吧，世界末日終於來了！」

我那時失神地狂叫，樣子一定十分怪異。

但是，所有在電腦旁邊的人，卻沒有一個人笑我，他們的神情，都十分嚴肅，其中有兩個年紀較輕的女軍官，哭了起來。

被我推倒在地的基地司令，這時已掙扎着站了起來，大聲叫道：「我們可以先炸毀電腦！」

兩個顧問齊聲道：「司令，你忘記了？我們在裝置一切的時候，曾假定過電腦若是受到了破壞，一定來自敵方，所以電腦在遭受破壞時的反應，便是立即發射所有的長程飛彈！」

基地司令呆呆站着，我則「哈哈」笑着，我實在沒有法子控制我自己的情緒，我必須笑，雖然我不知自己為什麼要笑。

整個第七科中，亂成了一片，那還是消息未曾傳出去，如果消息傳出去了，那整個基地會亂成一片，整個國家，整個世界都會陷入極度的混亂之中！

我一面大笑着，一面想要奪門而出，但譚中校卻將我從門邊，硬生生地拉了回來。

我被譚中校拉了回來之後，才聽到曼中尉、那位年輕的女軍官，正在宣布一些什麼，她說：「是我闖的禍，應該由我來結束它。」

副司令撫着被我擊痛的頸際：「中尉，你闖下的是無可收拾的大禍，你無法結束它！」

曼中尉的面色雖然蒼白，但是她的神情，卻出乎意料之鎮定。她道：「我想，有辦法的。」

基地司令甚至忍不住罵了一句粗言，在明知世界末日就快來到的時候，人都有一種難以自我控制的情緒，一切平日隱藏在教育、禮貌面具下的本性，也就會自然而然地流露出來。

一個莊嚴的將軍，竟會突然罵出了粗言來，便是那種情緒的結果。

他一點也不覺難為情，罵了之後，還立時道：「你有什麼辦法？你能有什麼辦法？」

才好。

曼中尉給將軍的那一下粗言，罵得目瞪口呆，一時之間，不知該說什麼

樣。是以我忙道：「曼中尉，你不妨說，你有什麼辦法？」

但是，我卻看出，曼中尉真想說什麼，她好像的確有辦法可以提出來一

知道只有幾十分鐘了！」

將軍又罵了起來，曼中尉向我看了一眼：「可是將軍他……他……」

基地司令揚着拳頭，喝道：「他媽的，你有什麼話，就他媽的快說吧，要

麼對付它。」

曼中尉咽下了一口口水：「這具電腦聽不到我們的談話，不知道我們會怎

副司令道：「我們也無法對付它！」

我大聲道：「別打斷曼中尉的話，讓她說下去，我們的時間已不多了！」

怒，他可能會不顧自己的身分，要來和我打架！

基地副司令狠狠地望着我，他剛才給我重重地砍了一掌，現在已經十分惱

不論我的情緒是多麼瘋狂，但是我卻還不想和他打架，是以我連忙轉過頭

去，不去看他。要知道在瘋狂的情緒之下，就算兩個人多望幾眼，也會打起架來的。

曼中尉在我大聲呼喝之後，總算又有了講話的機會，她道：「而且，最大的幸事，是它從來也沒有看到過彩虹的照片。」

曼中尉講到這裏，我的心中，便陡地一震，我失聲叫道：「曼中尉，你是說——」

曼中尉點着頭：「是，你已明白我的意思了，由我做出來的酸牛奶，那就該由我自己喝掉，我的辦法，就是那樣。」

基地司令罵道：「他媽的，你的辦法是什麼？」

我忙道：「曼中尉的意思是，電腦根本不知道它通信的彩虹，究竟是什麼樣子的，曼中尉她可以充作是彩虹，讓它去『看』！」

基地司令和副司令一齊轉過頭，向那兩個專家望去，那兩個專家緊蹙的雙眉，舒展了開來，道：「這是多麼奇妙的主意！」

基地司令道：「那你還不去改裝？」

曼中尉陡地立正，敬禮，奔了開去。我們幾個人則在電腦控制室中，團團亂轉，真要命，曼中尉去換衣服，怎麼去了那麼久！

其實，曼中尉只不過去了七分鐘，等到她換上了便裝，又回到控制室來的時候，我發現曼中尉的神色雖然蒼白，但是換上了便裝之後，卻也十分嫵媚。

我替她理了理頭髮：「你應該裝得快樂一些，你的臉色太蒼白了，你應該去喝一點酒。」

司令大聲道：「行了！行了！或許電腦喜歡臉色蒼白的女孩子，別胡亂出主意來！」

我問道：「電腦的觀察點在什麼地方？」

一個顧問道：「推電視攝像管來，和電腦進行聯繫。」

立時有兩位女軍官，推了一具十分高大的電視攝像管來，專家用熟練的手法，和電腦聯繫在一起。一個專家來到字鍵之前：「讓我來通知電腦，它的心上人來了，叫它好好看看。」

曼中尉就站在電視攝像管前，從那樣的情形看來，倒像是電視台在招考新人，一個神情緊張的少女正在試鏡一樣，不明情由的人，是決想不到事情那麼嚴重。

另一個專家扳下了許多掣，攝像管上的紅燈亮起，電腦上的各種燈，也閃耀不停，在剎那間，電腦的全部工作，突然都自動停頓了。

曼中尉也在那時，在她蒼白的臉上，努力擠出一個微笑來。

電腦的文字帶，突然以超常的速度，將文字帶送了出來，一個專家拉起了文字帶，讀道：「你太美麗了，比我想像中更美麗，我要你一直陪伴着我，別離開我，否則我會發狂。」

等到那專家讀出了文字帶上電腦表示滿意的話之後，我們都大大鬆了一口氣。

但文字帶還在不斷地傳出來，那顧問也不住地拈起文字帶，讀着文字帶上電腦的「話」。在經過了剛才如此緊張氣氛之後，這時再聽那位專家讀文字帶上的那些「話」，實在給人以十分不調和的感覺。

因為那具電腦，剛才還在威脅着，要不顧一切，施放由它所控制的長程飛

彈毀滅全世界，但此際，那專家念出來的，卻全是對一個年輕女性的讚美詞，世上最感情豐富的人，只怕也難以對着他心愛的女子，有那樣動人的讚美。

那種讚美，簡直可以使任何一個女子聽了，打從心底下高興出來。

我看到曼中尉的臉上，有着興奮的緋紅色，當那位專家讀到「我願意永遠和你在一起，你千萬別離開我，我們一直廝守着」的時候，曼中尉竟低聲道：「我會的，你放心，我會永遠陪着你。」

基地司令和副司令兩人，弄平了他們的將軍制服，我們都已從瘋狂的夢幻情緒中回到現實，我對剛才的行動感到抱歉，而司令和副司令，顯然也因為剛才的粗言而不好意思。是以我們各自互相一笑，相互說了一聲對不起。

也沒有再說什麼，剛才的一切，誰都願意將它當作一場噩夢。

曼中尉在她的座位上坐了下來，敲打着字鍵，我們也不知道她和電腦在「說」些什麼，但是可想而知，多半是一些山盟海誓的語言，因為電腦的讚美詞是如此之動聽，曼中尉不能無動於中。

那兩位專家則巡視着電腦的工作，電腦正常的工作又開始進行，當他們巡視完整個電腦工作之後，頻頻説道：「太奇妙了，真太奇妙了，電腦的工作效率和它的靈敏度，竟超過了設計時的兩倍。」

我呆了一呆：「兩位，人若是戀愛成功，也會使他的情緒開朗，判若兩人，這樣看來，電腦和人腦一樣？」

那兩位專家並沒有立時回答，只是和我並肩向外走去，我們出了第七科，在長長的走廊中向前走着。

那兩位專家在快到走廊的盡頭時，才停了下來，一個道：「衛先生，你剛才提出來的問題，我很難回答，理論上説，電腦只不過是一具由許多許多電子管組成的機器，當然和人腦不同，人腦有生命！」

另一位專家卻苦笑了起來：「但是，生命是什麼？生命並不是一種存在的物質，生命縹緲而無可捉摸。一個活人和一個死人，在物質上，沒有絲毫不同，但是一個活，一個死，卻又大不相同，我們以為電腦沒有生命，又怎樣證明它？」

首先回答我問題的那位沉默了半晌，才道：「這問題太複雜了，現在，我

們不能決定電腦是不是有生命，但是卻至少已知道了知識的積累，即使在電腦之中，也可以產生新知識，這實在是一件十分危險的事，如果一旦，電腦的思想範疇，逸出了人類的思想範疇之外……」

他講到這裏，沒有再接下去，我和另一位專家也都不出聲，他說的雖然還是很遙遠將來的事，但是，它遲早總會來的，不是麼？

事情到這裏，本來已可以告一段落了，但是還有兩件事，卻是要補充說明的。

第一件，那具電腦的「戀愛史」，並沒有繼續下去，國防部下令拆除電腦，首先便是在它「熱戀」的時候，拆除了它的自動電源，然後將電腦拆成了幾百萬件零件，將之化整為零作別樣的用途。

曼中尉和那五位女軍官，都受到了嚴厲的處分，曼中尉還被開除了軍籍。

第二件要說的是彩虹，當我回家之後，我第一件事就是找到彩虹，將一切經過，原原本本告訴她。我以為她聽了之後，一定十分難過的了。

但等我講完之後，卻發覺她若無其事，我正在大感詫異間，一個高大、黝黑、英俊的年輕人，突然到訪，我一看他便認出他是什麼人，他就是那軍事基地聯絡處的那位上尉，來度假，看他和彩虹的情形，他們的感情很不錯。

這或者可以算是喜劇結束吧！

（全文完）

合成

第一部

殘酷之極的謀殺

在記述許多奇異和不可思議的事情中，從來也沒有一次，像這一次那樣難以下筆，這件事情，有着好幾個頭緒，每一個頭緒都同樣重要，對整件事情的發展同樣重要，使人不知如何開始才好。

還是從裴達教授的遲到開始比較好。

裴達教授從來不遲到，他是一個生活極有規律的人，他十分重視這一點，以致他到了五十歲，還不結婚，理由很特別，也很簡單：怕在生活中突然多了一個女人之後，規律不能再繼續下去。

裴達教授有一隻他不離身的懷表，那懷表的報時，幾乎絕對準確，他做任何事都依時依刻，絕不差分毫，大學中每一個人都知道，當他那輛黑色的舊式汽車駛進來時，一定是八時五十二分。

所以，任何人都可能遲到，唯有裴達教授，絕不會遲到。

但是，裴達教授遲到了。

那天，八時五十五分，裴達教授的車子還沒有來，所有關心裴達教授的人，已在議論紛紛。到了九時正，選讀裴達教授主講的「生物遺傳學」的學生，擠滿了教室，裴達教授還未曾出現！人人都極其訝異，因為這是從來也未有過的事。

學生在議論了一陣之後，推出代表到校務處去，要求到裴達教授的住所去探望他，校務主任也答應了學生的要求，因為校方也感到同樣奇怪。

但是，就在那時候，裴達教授的黑汽車，駛進學校的大門，車子停下，從校務處的辦公室窗中，可以看到裴達教授打開車門，走了出來。

立時有很多人向裴達教授迎去，裴達教授遲到，這事情實在太不尋常了，每一個人都想知道他遲到的原因。但是裴達教授未曾回答任何人的問題，筆直地向課室走去。

在校務室中的學生代表，連忙離開了校務室，奔回課室去。裴達教授站上了講台，他不但破例地遲到，而且，他雙手竟空空如也，而未曾帶着他那個從不離手的、塞滿了講義和文件的公文包。

他的頭髮凌亂。他面上的神情，雖然和平常一樣地嚴肅，但是卻蒼白得可怕。

學生本來想問問他為什麼遲到，可是看到他的神情如此之駭人，卻也沒有人敢開口。

整個課室中，變得鴉雀無聲，然後，聽到裘達教授咳嗽了一聲，清了清喉嚨：「對不起，我……我……遲到了！」

裘達教授一生為人之中，可能從來也沒有將「我」字和「遲到」這兩個字連在一起過，是以他講得不流利，聽來有點不順耳。

學生們每一個都現出了一個微笑，表示教授遲到，並不是一件什麼大事。

裘達教授在講了一句之後，卻又僵住了，不知講什麼才好。

因為他沒有了公文包，沒有了講義，那使他不知如何開始講課才好，他手足無措了片刻，突然「砰」地一拳，重重地敲在講台之上。

那一下突如其來的動作，將所有學生嚇了一跳，只聽得裘達教授突然大聲道：「人類的劣根性，不得到徹底的改造，任何科學成就，都只足以助長犯罪，而不能使人類進步！」

裘達教授平時除了教授他主講的課程之外，是很少發什麼議論的，此際他

突然大講題外話，而且出言驚人，這更使得學生驚愕。

在幾十個大學生中，必然有幾個特別歡喜和教授辯論的，立時有一個學生站了起來：「裴達教授，你認為人類當前要務，並不是急速地發展科學，而更重要的是教育？」

「不是！不是！」裴達教授連連地敲打着講台，他激動的神情，從未有過。一個生活有規律的人，大多數理智，極少衝動，可是這時，裴達教授卻激動得近乎完全喪失了理智，他大聲嚷叫着：「我的意思是，一件微小的犯罪，能破壞一個科學家畢生的工作，誰知道那犯罪者是什麼人？他可能是一個重犯，可能是一個一點知識也沒有的人，可是他的破壞力——」

裴達教授講到這裏，劇烈地喘咳了起來。

就在這時，校務主任和大學副校長，一齊走進了課室來。學生都知道，副校長也是一個知名的學者，而且是裴達教授的好朋友。

副校長來到了裴達教授的身邊，伸手拍着他的肩頭：「老朋友，我十分同情你。」

裴達教授仍然咳着，副校長又道：「你最好先休息休息，來，我們一齊去看看，是不是可以補救，以及如何補救！」

副校長半拉半拖地將裴達教授帶出了課室，校務主任站上了講台，宣布道：「各位同學，裴達教授的課程，暫時停止，因為他受了重大打擊，現今的精神狀態，不適宜授課。」

學生中立時有人叫道：「他受了什麼打擊？」

校務主任嘆了一聲：「正如剛才裴達教授所說的，一個普通的犯罪者，毀了一個科學家一生的工作。昨天晚上，教授的實驗室，被一個或兩三個小偷弄破窗子，爬了進去，當小偷發現實驗室中沒有什麼值錢的東西之際，就將實驗室徹底破壞，我也不知道破壞的程度，但據警方人員說，破壞得非常徹底，教授的全部實驗紀錄，都不復存在！」

所有的學生都不出聲，大部分現出了憤怒的神情。因為他們全知道裴達教授的實驗室在科學上的價值。蛋白質的化學分析在他的實驗室中完成；酶的初步分類，在他的實驗室中完成；還有許多許多生物學上重大的進展，都在他的

實驗室中完成。

一個國際科學基金協會，有鑒於裘達教授的科學研究的成績，曾撥巨款來增添他實驗室的設備，是以他的實驗室堪稱世界一流水準。

學生自然也知道那實驗室在裘達教授心目中的地位，因為平時，只有成績最好的學生，才能獲准進他的實驗室去，做他的初級實驗助手。而曾經去過他實驗室的人也都知道，在他的實驗室中，即使講話講得略為大聲一些，那麼，下次就休想再有機會進入他的實驗室！

而如今，他的實驗室，連同他的實驗紀錄都被毀了，那對裘達教授來說，可以說是致命的打擊。

當時，所有在這個課室中的學生，似乎都有一種預感：以後，可能再也聽不到裘達教授來授課了。當然，當時並沒有人說出這種預感來。

但是，當第二天又發生了變故之後，警方前來調查時，至少有三分之二的人，堅持說他們在昨天，已有了強烈的預感！第二天，所有的報紙上，都以裘達教授的慘事，作為頭條新聞：國際著名的生物學教授裘達，在寓所被謀殺，疑兇貝興國當場就逮。

那是轟動的大新聞，其所以轟動，不單是因為死者裘達教授是一個知名的人物，而且，還因為疑兇貝興國，是裘達教授進行研究的得力助手。

而且，貝興國的年紀很輕，曾受過高等教育，但更為小市民談論的是，貝興國和裘達教授的同父異母妹妹裘珍妮，正在熱戀中，兩人訂了婚，只等教授新的研究課題稍有成績之後，兩人便要結婚。

而這件兇殺案，更有一重極其神秘的色彩，那就是警方在案發後，竟封鎖了兇案的現場，不許記者去攝影。記者自然紛紛提出責難，警方發言人的回答，也一字不易地被刊登在報上。

那是十分精彩的一篇短短的談話。警方的發言人道：「兇手是一個冷血的謀殺者，各位，現場的情形，太恐怖，我們不想那種恐怖的情形出現在報紙上，使每一個市民都受到震駭，所以，才要求各位合作，不可攝影，請相信警方，那不為別的原因，只是因為兇手的謀殺行為實在太殘酷了！」愈是得不到真相的事，便愈是會引起更多的傳說，於是各種各樣的傳說，便傳了開來。有的說裘達教授的頭被切了下來，有的甚至說裘達教授被剝了皮。

說的人，都言之鑿鑿，彷彿他們都曾親眼看到了一樣。但是事實上，自案發之後，最精明能幹的攝影記者，至多也只能攝到兇宅的外面而已。

至於就逮的疑兇，他的照片，自然登在每張報紙上，看來，他生得很瀟灑，眉很濃，鼻也很挺，看來不像是殺人兇手。

但是，誰可能肯定那樣說呢？殺人兇手不見得個個在臉上有標誌，寫着「兇手」兩個字。

疑兇貝興國和裘達教授住在一起，他打電話報警，但在警方人員趕到之後，他卻被當作疑兇遭逮捕，警方在蒐集證據，準備進行起訴。

整件案子，雖然轟動，但和我扯不上關係。我在公共場合，見過裘達教授一次，那是慶祝裘達教授對西藏綠蝶的生長發育過程有所發現而設的一次酒會，我甚至未曾和他交談過。

我根本不認識貝興國，但在案發後，我和白素曾討論過貝興國。白素堅持貝興國不是兇手。我問她為什麼，她說那是她的直覺。

當一個女人開始就用直覺來判斷一件事的時候，有經驗的丈夫都知道，最好的辦法是切莫和她爭論，不然將自討沒趣。

所以，對於貝興國，我們的討論，也至此為止。

我心中對裴達教授被謀殺一事，頗感興趣，因為我想不出貝興國（唯一的疑兇）有什麼謀殺的動機，一件沒有動機的謀殺，最難調查。

可是，我也僅止於有興趣，我並不是警方人員，雖然我認識不少警方的高級人員，但他們對我，並沒有什麼好感，有的還和我作對，如負責特別疑難案件的傑克中校（我相信這件案子正由他在處理），所以，我也得不到什麼特別的消息。

但是，我終於和這件案子發生了關係！

那是在一個十分偶然的情況下發生的，不知讀者是否還記得小郭這個人？

小郭本來是我掛名作經理的出入口洋行中的職員，為人十分機警，曾跟着我幹過一些冒險的勾當，有一次，受了重傷，差點送了命！

在那次傷癒了之後，別人一定要退縮，但是他卻不那樣想。他說，反正這一條命是撿回來的，就只當這次死了，那又怎樣？說什麼也不肯再過平穩的生活，組織了一個私家偵探事務所，三四年來，業務鼎盛，在一般人的眼中，他已是大名鼎鼎的郭大偵探了！

我在經過他的事務所之時，總喜歡上去坐坐，而小郭也不斷和我保持着聯繫，有許多疑難案件，實際上全是我替他在出主意。

那一天，我記得很清楚，是裴達教授被謀殺後的第三天，我又像往常一樣，走進了小郭的事務所，直趨他的辦公室，推開了門。

一推開門，我就聽到了小郭的聲音，他正在向一個二十三四歲的女郎講着話。

我向那女郎打量了一下，她不算是很美麗，但是卻相當吸引人。她的頭髮短得不能再短，穿着一套深棕色的軟皮裙，顯得很有活力，正緊抿着嘴，表示她的性格十分堅強，她挺直着身子坐着。

那種情形，使人一看便知道她正遭受到極大的困難，但是她卻絕沒有向困難屈服的打算！我最欣賞不向困難低頭的人，尤其是不向困難低頭的女人，是以我並無意打斷她和小郭的談話，我只是向小郭點了點頭，便準備退出去。

可是小郭一見到了我，便立時大聲叫道：「等一等，我就有空了！」

我看出他的意思，是想借我的來到，快一點將那女郎打發走。所以我就在一張沙發上坐了下來，拿起一本雜誌來翻着。

我當然全不注意那本雜誌的內容，我只是注意着小郭和那女郎的談話，小郭攤開手，在拒絕着那女郎的要求：「裘小姐，這件事，我實在無能為力，而且，我想所有的私家偵探，都無能為力的，我勸你還是冷靜一點，等候法庭的裁判好了。」

那女郎霍地站了起來，她的神態十分冷靜：「我以為世上總有人可以幫助我，卻不料我想錯了！」

由於那女郎講得如此冷靜，這更使我注意她，我看到她仍然帶着那種不屈服的神情，向外走去。

在她走到門口，她的手已握住門柄之際，我忽然起了一種衝動，我想知道這女郎究竟有什麼困難。我本來不是好管閒事的人，但是這女郎所遭到的困難一定極大，亟需別人幫助！

所以，我就在那時，站了起來：「小姐，你需要什麼幫助？」

她站了一會，才轉過身向我望來，我發現她有着一對很明亮的大眼睛（雖然這時她眼中充滿着焦慮），她望了我大約有半分鐘。

在這半分鐘之內，小郭大約向我做了七八次手勢，示意我別去理會那女郎。但是，對於小郭的手勢，我卻裝着完全看不見，因為我既然決定了要管，就自然非管到底不可。

半分鐘之後，那女郎才開了口：「你是什麼人？」

她用那樣的口氣來問一個真心幫助她的人，實在很不禮貌。但是我卻原諒了她，因為那天我穿了一件花上裝，使我看來好像是那種專門向漂亮女郎獻殷勤，藉以勾搭的人，難怪她對我擺出一副冰冷的態度。

我笑了笑，說出了自己的名字，然後道：「或者，你可以叫我是一個喜歡管閒事的人。」

這位小姐，對我的名字，多少有點印象，她兩道十分英氣的眉毛，向上揚了一揚：「衛斯理，就是那個自稱曾和外星人打交道的人！」

我有點窘：「小姐，這——」

我想約略地解釋一下，可是她卻已打斷了我的話頭：「謝謝你，我想我的困難之中，是絕不會有外星人在的，謝謝你了。」

我更覺得窘了，我只好攤開手：「小姐，你看，你將一個人的善意，就這樣冷冷地推走了。」

那女郎的雙眉揚得很高，也冷冷地道：「現在你自然有一片善意，就像那郭大偵探一樣，當我才推門進來的時候，他滿臉笑容，請我坐下，然後道：『小姐，你有什麼疑難的事，只管講出來，我一定盡力幫忙的！』哼，等我將我的困難講出來之後，他卻冷冷地回答你一句：『對不起，我無能為力！』」

她講得十分之激動，我並沒有打斷她的話頭。

一直等她講完之後，我才道：「小姐，你那樣説法太不公平，你想，我根本未曾聽到你的困難，怎可以武斷我不會幫你？」

那女郎搖着頭，看來她仍然無意相信我，這時，小郭卻説話了，他道：「裘小姐，你的事，如果世上還能有一個人幫助你的話，那麼這個人就是衛先

生了。」

那女郎的雙眉已揚了起來：「你的意思是，他能夠證明他無罪麼？」

我還不知道她口中的「他」是什麼人，但是我知道這樣回答她，總是不會有錯的，所以我道：「只要他真是清白的話。」

那女郎一揚首，道：「他是清白的！」

「好的。」我問：「他是誰？」

「他的名字，你一定知道，他叫貝興國。」

我不禁吸了一口氣。貝興國，那名字我自然知道的，他就是被控謀殺裘達教授的疑兇。那麼，不消說，那女郎就是裘達教授的妹妹裘珍妮了！

我開始感到我自投羅網，使自己捲進了一件十分麻煩的事情中！

見我一時之間沒有回答，裘珍妮冷冷地道：「你可以不理的，衛先生。」

我笑了起來：「你錯了，我只不過感到這不是一件容易處理的事情而已。愈是難的事，我愈是有興趣，但是你必須知道一點，如果我理了這件事，那麼我的責任，便是揭露事實，而不是滿足你的主觀願望。」

「你的意思是——」

「我的意思是，可能我花了很多時間，作了很多調查，但結果證明你的未婚夫有罪！」

裴珍妮十分堅決地道：「如果真是那樣的話，我也一樣感激你，但是我說，他是無罪的。」

「請坐，裴小姐，我可以聽聽你說他無罪的原因麼？」

「可以的，理由很簡單，我和興國認識了將近四年了，我知道他不是那樣的人。」

「小姐，你的話在法理上是站不住腳的！」

「我知道，所以我才要人幫助，去找出他無罪的證據來，或者如你所說，找出他有罪的證據來。」

我挺了挺胸，裴珍妮那樣說，證明我多管閒事並沒有管錯，我道：「他自己怎麼說？」

「我不知道。」裴珍妮回答着。

「不知道？那是什麼意思？」

「被警方扣留之後，我還未曾見過他，我好幾次要見，都被警方勸阻，警方說他是一個十分危險的人，我不宜見他。」

「豈有此理！」我用力一掌拍在桌上：「警方那樣做法完全非法！」

「還有，」裴珍妮說：「警方甚至不讓我認屍，他們說我大哥死得可怕，勸我別去認屍了。」

我冷笑着道：「雙重非法，我會去對付他們，你放心好了，我第一件要做的事，就是去見貝興國！不論犯了什麼罪，他在被拘留期間，都有權見人，我們是生活在一個文明社會，而絕不是生活在那種隨便可以將人拘留，不許人探望的野蠻社會中！」

裴珍妮呼了一口氣：「那麼我……我什麼時候可以見到他？」

我道：「讓我先去和警方接洽，我相信警方那樣做，有特別的原因，而不是存心違法，現在，我就是要去找出這特殊的原因來！」

我講到這裏，頓了一頓：「小郭，你替我打電話，找傑克中校聯絡，由我來和他講話。」

小郭坐了起來：「傑克中校又要大大的頭痛了！」他一面說，一面拿起了電話。

我則向着裴珍妮：「你和裴達教授不住在一起？你們的關係怎樣？」

裴珍妮皺起了雙眉：「坦白地說，我不喜歡我的哥哥，他簡直不是人……請你別誤會，我說他不是人的意思，絕不是說他的行為道德上有什麼不對，而是他太不近人情，他將他自己的生活，安排得好像是一座機械，任何人都無法忍受！」

裴達教授研究的課題多姿多采，但是他的生活刻板，這是人盡皆知的事，我自然了解裴珍妮的心情。

第二部

探訪疑兇

我還想再問什麼，但是已聽得小郭故意在大聲道：「傑克中校，請你等一等，有一個老朋友，要和你講幾句話，你一定喜歡聽到他的聲音的。」

小郭向我做了個鬼臉，將電話交了給我。

我接過了電話：「你好，中校，我們很久沒見面了。」

傑克中校對我的印象一定十分深刻，可能他還時時刻刻想到我，將我大罵一頓，要不然，怎麼我才講了一句話，他就立刻認出那是我的聲音了呢？

「衛斯理，是你這——」他叫了起來，但是卻未叫出「你這」什麼來，可知他雖然對我沒有好感，可是卻也不敢得罪我。

我笑了笑，開門見山地道：「是我，中校，裴達教授的案子，由你主理？」

傑克中校的聲音很粗：「這不關你的事。」

「你錯了，」我立時回答他：「正關我的事，我受疑兇的未婚妻委託，要和疑兇見面，而且，我還受死者的妹妹委託，要來認屍。中校，你知道，這兩項都是正當的法律程序！」

傑克中校「颼」地吸了一口氣：「衛斯理，和警方作對，你不會有什麼

好處。」

「我絕不想和警方作對，但是我卻想知道警方是不是有權改變現行的法律！」

我的話，傑克中校無法辯駁，悶了片刻，才道：「那樣吧，你先到我的辦公室來，我們面對事實，商量一下。」

「我接受你的邀請，立即就到！」我放下了電話。

我在放下了電話之後，轉過身來，向裴珍妮道：「請給我你的地址，我好和你隨時聯絡。」

裴珍妮道：「我住在青聯會的宿舍，四樓，白天，我在一家中學教音樂。」她把那家中學的名稱告訴了我。

我和她一起走出了小郭的事務所，在我們分手的時候，我又說了一句：「請你放心，我一定盡我所能查出真相來。」

我特地那樣說，是怕調查的結果，貝興國真是兇手時，她會受不住打擊！

她顯然明白我的暗示，勇敢地點了點頭：「我明白。」

二十分鐘之後，我已和傑克中校隔着他那巨大的辦公桌，面對面地坐着。

我並不是第一次來傑克中校的辦公室，但是這一次，氣氛卻多少有些不同。我和傑克中校之外，另外還有好幾個高級警官在。我一坐下，傑克中校便道：「衛斯理，你不能見貝興國。」

「法律根據是什麼？」我有恃無恐地問。

「根據監獄方面的紀錄，有一次，你去探訪一個即將行刑的死囚，結果，你是去幫助死囚越獄的，你和他一齊逃出了監獄！」傑克中校講得振振有詞。

我呆了一呆，傑克中校倒不是胡言亂語的，的確是有過那樣一件事，那件事，詳細記敘在《不死藥》的故事中。

但是我立時抗聲道：「中校，你錯了，如果我協助死囚逃獄，我現在應該在監獄中，這件事，我是受脅迫的，後來已證明是清白了！」

傑克中校狡猾地笑了起來：「那麼，你有什麼保證，可以保證你不再受人脅迫呢？我們認為這件案子的疑兇是一個十分危險的人，在警方調查時期，他不適宜見任何人。」

傑克中校的理由，好像很充分，但我卻非見到貝興國不可！

我冷冷地道：「中校，我知道你不讓人見到貝興國，一定是有原因，但是我決計不認為你那樣的做法很聰明。你知道我和報界的關係，也知道報界正因為得不到這件案子的消息而感到焦躁——」

我的話還未講完，傑克中校已然吼叫了起來，道：「你這卑鄙的傢伙，你竟敢威脅我？」

「我絕不是威脅你，我只不過想知道事情的真相，和見一見貝興國。還有，裘珍妮還要我陪她來認屍，這是一定要的手續！」

傑克中校氣得講不出話來，一個警官走過來打圓場：「衛先生，請你原諒，這件案子，警方目前感到十分扎手！」

我奇道：「疑兇已然就逮了，還有什麼扎手的？」

那警官嘆了一聲：「衛先生，這是世界犯罪史上從來也沒有過的犯罪案，兇手所使用的手段之殘忍，是難以形容，我們深恐真相公布出去，對社會有極其不利的影響，是以我們才嚴守秘密。」我立時道：「我也可以保守秘密。我是受裘珍妮的委託前來的。裘珍妮和死者、疑兇都有着密切的關係，死者是她的哥哥，疑兇是她的未婚夫，難道也不能知道此事的真相？」

傑克中校冷笑着道：「是她想知道，還是你自己想知道？」

我也冷冷地道：「她想，我也想。」

傑克中校突然站了起來，看他的神情，像是想重重地擊我一拳。但是，他無可奈何。雖然有大套理由，但我的要求，是極其正當。所以，他惡狠狠地瞪了我好一會，才道：「好的，但是你見貝興國的時間，不能超過十分鐘。」

我立時答應：「可以。」

傑克中校又威脅着我：「他在特別看管之下，是一個極其危險的人，我警告過你別去見他，如果你因之而發生了意外，我們絕不負責。」

我來此的目的，是要見貝興國，只要能見到他，任何恐嚇的話不能將我嚇倒，所以，對於傑克中校的話，只是毫不在乎地聳了聳肩。

傑克中校開門向外走去：「跟我來，他一直被扣押在總部的拘留室中。」

我跟着他走出了辦公室，搭升降機到了地下室，一到地道走廊，來到了一

扇門前。

在那扇門前，一共有四個警員守着，看到了傑克中校，一齊行敬禮。

傑克中校問道：「他怎樣？」

一個警員回答道：「他很平靜。」

「先看看他。」傑克吩咐着。

另一個警員移開了牆上的一扇木門，現出一部電視機來，他按下了一個掣。電視熒光屏上閃了雜亂的線條，接着便看到了一個人，坐在一間小小的囚室中。

那人低着頭，雙手一齊按在額上，一動也不動，看來像是正在沉思。從電視熒光屏上看來，他的臉面，看得不怎麼真切，但是我還是一眼便認出他正是貝興國！

傑克中校也注視着熒光屏，他看了一會，伸手關掉了電視，轉過頭來問我：「你仍然堅持要去見他？」

我感到好笑：「當然是，你認識我也不止一天了，什麼時候我會輕易改變我的決定？」

傑克中校沉聲道：「那你必須明白，由於他是一個十分危險的人，在你走進去之後，我們仍然要將門鎖上，在囚室內，究竟會發生什麼事，我們一概不負責！」

傑克中校的話，使我覺得十分不耐煩，我拍着他的肩頭：「中校，什麼時候起你變成喋喋不休的老太婆了？打開門，讓我進去！」

傑克「哼」地一聲，頗有我不知死活、他將眼看着我吃虧的神情。

一個守衛的警員，將鑰匙伸進了鎖孔，傑克中校道：「你在門口等着，門一開，你就閃身進去，我們立時要將門關上！」

我總覺得傑克中校太緊張了，貝興國是一個知識分子，就算是他行兇殺害了裴達教授，那也必然另有原因，他看來不像是一個瘋子，又怎會無緣無故，加害一個素不相識、懷着好意來探望他的人？

所以，我只是聳了聳肩，向門口走去。我走到了門口，那警員恰好打開了鎖，他神情緊張地道：「進去，快進去！」他打開了門，我一閃身，便走了進去，我才一進去，門又被鎖上。

我背着門站着，貝興國仍然坐在那囚舖之上，但是他卻不再用雙手撐着頭，而是抬起頭，向我望來，他神情憔悴，面色蒼白，眼神散亂。

他抬起頭，就以那種似睡非睡、似醒非醒的眼神打量着我，然後，用一種聽來十分疲倦的聲音，向我發問：「你是什麼人？」

我走前幾步：「你被捕後，除了警方人員之外，沒有別人能和你接觸，是裘珍妮請我來看你的。」

他仍然坐着：「你來有什麼目的？」

他那樣問我，使我有點愕然：「裘小姐認為你無辜，我受她所託，來弄清事情的真相，當然，我首先想知道，當天晚上的情形，只有你和裘達教授——」

我本來是想說「只有你和裘達教授住在一起，所以那天晚上兇案的發生情形，也只有你能詳細地敘述」的。可是，我才講出了「裘達教授」四個字，貝興國突然站了起來！

在一剎那間，他整個人都變了樣，只見他的雙眼之中，射出了兇狠之極的光芒，他的雙手也揚了起來，他的十指可怕地鈎着，他的手指是如此的出力，以致他的指骨骨節，在格格作響。

我雖然不怕他對我襲擊，可是突然之間，他從一個沮喪、憔悴的人，而變得如此兇相，也使我為之駭然。

我連忙後退了一步，貝興國面上的肌肉也開始扭曲，這時候，他看來簡直是一頭狼，一條毒蛇，或是別的什麼野獸，而不是一個人！

從那樣的神情看來，他心中對裘達教授的恨意，難以形容！

因為，若不是恨極了一個人，決計不會聽到了那人的名字之後，現出如此獰惡可怕、兇狠駭人的神態來的。

貝興國一定不止是恨裘達教授，而且，那種仇恨，一定還毒怨之極、深刻之極！

如果我是陪審員，一看到貝興國在提及裘達教授的名字後，便現出如此獰惡可怖的神態，即使警方的證據薄弱，也會認定他是兇手！

我此際站在貝興國的面前，就感到他屈成鈎狀的手指，隨時可以向我的頸際插來！他不但忽然之間變得那樣可怕，而且，還發出粗重的喘息聲來，厲聲

道：「別在我的面前提及他的名字，記得，別再提及！」

我呆了一呆，但是我隨即道：「裴達教授是一個好人——」

我是故意那樣說的，我之所以故意那樣說，是想看看貝興國對裴達教授的懷恨，究竟到了什麼樣的程度？

我的話才一出口，自貝興國的口中，便發出一下怒吼聲，他向我直衝過來，雙手向我的頸際疾插！從他指節所發出的那種「格格」聲聽來，如果我的頭頸被他插中，他一定會毫不猶豫地將我頸骨扭斷！

我早有了準備，就在他向我衝來之際，我身子向旁一閃，便已避了開去。而他向前衝來的勢子實在太急，以致令得他的雙手，「砰」地一聲，重重地撞在門上！

而我在一閃之後，便已經轉到了他的背後，在他的肩頭上拍了一拍。

他倏地轉過身，我用力一掌，那一掌，向他臉上摑去，那一掌，摑得他的身子一側，向地上跌下去。

我滿以為我一掌將他摑得跌倒在地，那可以令得他較為清醒一些，但是，意料不到，貝興國一倒地之後，竟突然張口向我的小腿咬來！

我嚇了老大一跳，我和各種各樣的人動過手，其中不乏武術高手，可是卻從來沒有人向我張口便咬的！

我連忙一縮腳，避開了他那一咬，我只聽得他上下兩排牙齒相碰時那「得」的一聲，我跳到了門邊，叫道：「快走開！快走開！」

傑克中校分明是用電視機在注意着囚室內的情形，我一叫，門便打了開來，但是我向後退出之際，貝興國又向我撲來！

我知道是絕不能讓貝興國衝出囚室，他如果一出了囚室，會向警員襲擊，而向警員襲擊的結果，必然是死在亂槍之下！

他如果死在亂槍之下，那麼事實的真相，也就永難為人所知了！

老實說，我在那時，對貝興國殺害裘達教授這一點，沒有多大的懷疑，但是我總覺得，事情總多少還有一點蹊蹺的地方！

而且，如果是貝興國行兇的話，那麼不讓他接受法律的審判，而讓他死在亂槍之中，也決不公平。所以，為了阻止他衝出囚室，我飛起左足踢向他！那

一腳，踢得他向後直跌了出去！

那一腳，正踢在貝興國的胸口，令得他的身子，猛地向後仰去，而我也趁着那一剎那的時機，縮出了門，用力將門推上！我才推上了門之後，手按在門口，想起剛才的事，還在不住喘氣。

傑克中校的聲音，在我身後，冷冷地傳了過來：「你現在相信我的話了？」

我轉過身去，將他的身子推開了些，望向那部電視機，我只見貝興國正從地上，慢慢地爬了起來，他瞪着門，雖然在電視機上，但仍然可以看出他的雙眼之中，充滿了惡毒的神色！

我不禁吸了一口涼氣，失聲道：「天，他和裘達教授之間，究竟有着什麼深仇大恨？」

我轉過頭去，又向傑克中校敘述着我和貝興國會面的情形：「我只不過在他面前提起了裘達教授的名字，他就幾乎要將我扼死！」

傑克中校並不回答我的話，只是招手令一位警官走了過來。當那位警官來到了他的身前之際，他伸手翻開了那警官的衣領。

第三部

堅信愛人不是兇手

在那警官的頸際，有着好幾個青瘀的指印！

傑克中校道：「你算是避得快，他避得慢了些，結果就那樣。當時，貝興國就幾乎死在亂槍之下，現在，你還想怎樣？」

我向電視機看去，貝興國又在囚牀上躺了下來，背向着門，我苦笑了一下：「裴達教授的屍體——」

「我可以帶你去看，如果你對一具死得如此可怕的屍體有興趣，但是我絕不認為應該讓裴珍妮認屍，除非我們想裴珍妮因為震駭而變成一個神經失常的人！」

他提到了「神經失常的人」，這令得我心中一動，我忙問道：「中校，你沒有懷疑他是一個瘋子？他有沒有接受過專家的檢查？」

「有的，他已經過了六位著名的專家檢查。」

「專家的意見怎樣？」

「那六位專家都說他是一個正常的人，不是瘋子，但是也都認為他情緒的熾烈，絕不是常人所有。」

我忙道：「那麼，是不是可以說，當他在情緒激動的時候，他處於瘋狂

狀態？」

「絕不，所謂瘋狂狀態，是一個人絕不知道自己在做什麼，或者不知道自己做了那樣的事情之後，會有什麼樣的後果。但是貝興國卻不是，他明知自己在做什麼，也知道自己做了這件事的後果，他只是用一種極其熾烈的情緒，來推動、完成這件事，而在他那種情緒之下，他完成那件事的手法，常人不敢想像，但那並不等於他瘋狂！」

傑克中校對於貝興國的精神狀態，解說得非常明白，我也沒有別的問題可問，只是嘆了一聲：「為了向裴珍妮有所交代，我還是想看看裴達教授的屍體。」

大約因為傑克中校看出我和他的想法，基本上已沒有什麼距離，所以立時答應了我的要求：「好的，我可以和你一齊去。」我們一共五個人一齊到殮房去，但到殮房管理員拉開凍藏屍體的門櫃後，所有人包括管理員在內，都一齊轉過了身去。

裴達教授的屍體在長櫃中，蓋着白布。長櫃一拉了開來，便散發着陣陣寒氣，令得我也不由自主、微微地發起抖來。

掩蓋屍體的白布，十分潔白，上面有一層薄薄的霜花，當長櫃拉了開來之後，那一層薄霜花立時開始融化，變成了細小的、亮晶晶的水珠。

我緩緩地吸了一口氣，抓住了白布的一角，將白布揭了開來。

我並不是一個膽小的人，也絕不是一個沒有見過死人的人，可是，當我將白布揭到了一半，只露出了裘達教授的上半身，我的雙手，便不由自主地發軟，而白布也自我的指縫中滑了下來。

裘達教授的下半身，仍然被白布蓋着，就只看到他的上半身。

但是那已經夠了，我雖然是看到他的上半身，也已經夠了，真的夠了！

裘達教授的頭，已整個變了形，在他的左眼眶中，已沒有了眼珠子，那可能是整個頭顱變形時被擠出來的，左眼眶成為一個深洞。

而我也絕沒有辦法弄得明白，什麼力量能使一個人的頭部，變得如此之扁，如此之長，像是有一個幾百磅的鐵鎚不斷敲擊過一樣。

裘達教授在臨死之前，一定忍受着極大的痛苦，他的上下兩排牙齒，緊緊地咬着他自己的舌頭，以致他的舌尖腫成了球形，經過了冷藏之後，那是一個

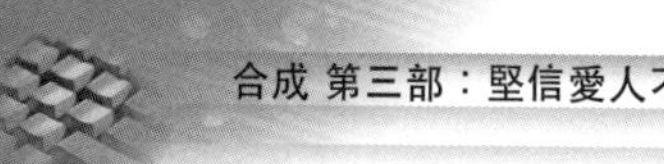

紫黑色的小球。他的頸際，有一個十分巨大的傷口，令得他的喉管和氣管，都露在外面。

他至少有七根肋骨被折斷，而斷了的肋骨，頂穿了皮肉，可怖之極。

他的下半身還受了些什麼傷害，我看不到，但是我不想看了，真的受夠了。我連忙轉過身來，不住地喘着氣：「行了，我看到了，中校，我同意你的說法，裴珍妮不適宜來認屍。」

傑克中校並沒有譏笑我，只是道：「請你將白布蓋上，沒有人願意多看他一眼。」

我很諒解中校那樣的說法，因為我也不想多看一眼。白布既然是由我揭開的，自然也應該由我來蓋上。我再轉過身去，蓋上了白布。

而在蓋上了白布的一剎那，我又看到，裴達教授的兩隻耳朵，都被撕下了一半來，那一定是硬生生用力將之扯下來的，因為在快要跌落的耳朵上，都連着一大片凍硬的皮肉！

我竭力忍住了要嘔吐的感覺，轉過身去。

傑克中校已向藏屍室外走去，我連忙跟在他的後面。我們一起走出了殮房的大門，傑克中校才道：「現在你明白警方的用心了？」

我點了點頭，道：「完全明白。」

傑克中校想了一會：「希望你能夠技巧地向裘珍妮小姐解釋警方的措施，實在是有不得已的苦衷。」

那並不是一件容易做到的事，但是我感到我有責任做到這一點，是以我點頭道：「自然，我會講明一切——技巧地說明。」

傑克中校嘆了一口氣：「太可怕了，警方感到這件事棘手，因為案件一定要公開審訊，一公開，那種狠毒的謀殺，對社會所引起的影響，實在太大！這是一個人所能做出的最兇惡、最無血性的行為，你一定同意吧？」

我苦笑着：「誰知道呢？中校，別忘記在幾億年之前，人和別的食肉動物，沒有分別。」

傑克大聲叫道：「可是，現在我們是人了，我們是人，而不是獸！」

我默默無語，只是低頭疾行，我的心中十分亂，以致我不知是什麼時候和傑克中校分了手。當我發現只有我一個人的時候，我已離開殮房很遠了。

我站在街邊，呆立了很久，才召了一輛計程車，向裴珍妮任教的那家學校去。

那是一家規模相當大的女子中學，我在傳達室中表示要見裴珍妮小姐，傳達將我帶到了會客室中，我等了不過五分鐘，裴珍妮就來了。

她直向我走來，急急地道：「怎麼樣？怎麼樣？」

我問她：「裴小姐，你……有空麼？我們能不能出去說，我怕要相當時間，才能講完我要說的話。」

裴珍妮呆了一呆：「可以，但是我要去稍作安排，你等我。」

我在沙發上坐了下來，尋思着如何把經過告訴她。沒有等多久，她便挽一件杏黃色的外套，提着手提包，在門口站定：「我們走吧！」

我和她一起出了校門，順着斜路，向下走去，我先道：「裴小姐，我見到了你的未婚夫貝先生。」

裴珍妮「啊」地一聲：「他好麼？他看來怎樣？我可以去見他？」

我緩緩地道：「裘小姐，我要先問你一件事，你要照實回答我。」

「請說。」裘珍妮睜大了眼。

「在貝興國和你哥哥之間，有着什麼深仇大恨？」

裘珍妮呆了一呆，自她的臉上，現出了十分不高興的神色來，道：「衛先生，我不明白你為什麼那樣問。」

「我必須那樣問，當我見到他的時候，我才一提到裘達教授的名字，就幾乎被他扼死！」

裘珍妮吃驚地停了下來：「你一定弄錯了，見到的不是貝興國！」

我用十分堅定的語氣道：「裘小姐，別在這個問題上和我爭論，那是我親身的經歷！」

裘珍妮瞪視着我，不說話。

我道：「回答我剛才的問題。」

裘珍妮道：「沒有仇恨，他們之間只有合作，興國是我哥哥的學生，由學生而變成他的研究助手，你該知道我哥哥的為人，連我都不准進他的研究室，他會

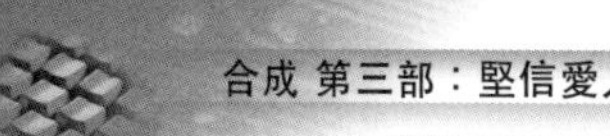

選擇興國做他的研究助手，他們之間，一定合作得十分好，怎會有仇恨？」

我又問道：「在別的方面，譬如說，你和貝興國的婚姻，教授他——」

裴珍妮不等我講完，便道：「哥哥是一個受過高等教育的人，任何有知識的人，都不會干涉別人的婚姻！」

裴珍妮給我的答案，是我早已料到的，因為我也想不出在貝興國和裴達教授之間有什麼仇恨。這個問題，可能只有貝興國一個人回答得出，但是貝興國看來絕不會說。

我默默地向前走着，裴珍妮道：「你見了他，一點沒有結果？他是無辜的，你應該相信我，真的，他無辜！」

我的心中感到十分難過，我沉聲道：「裴小姐，你應該相信警方的處理，他……用極殘酷的方法，殺害了裴達教授！」

後一句話，我絕不願意說出口來。

但是，我既然感到事實的情形確是如此，卻也沒有法子不講出來。

裴珍妮再次站定，她冷笑着：「你的意思是，你的調查已到此為止？」

「裴小姐，你答應過我，勇敢地接受事實的。」

「是的，我會勇敢地接受事實，但是你所說的，根本不是事實，你甚至於不能告訴我，興國為什麼要殺死我的哥哥，他的動機是什麼？」

「是仇恨，小姐。」

我嘆了一聲，我答不上這個問題來，而且，裴珍妮的神情如此激動，我發覺我不能再和她多談什麼了。裴珍妮深深地吸了一口氣，漸漸恢復了鎮定：「對不起，我太激動，有一件事，你和警方，都不應該忽略。」

我對於這件事的事實，已不存有改變看法的想頭，只是順口道：「什麼事？」

裴珍妮道：「在我哥哥被殺害的前一天，他的實驗室被人搗毀破壞，你應該知道。」

「是的，我知道。」

「那天晚上，貝興國卻和我在一起，我們參加了一個音樂會，離開了音樂會之後，又去參加一個私人的舞會，直到天亮才回去。破壞實驗室的是什麼人，警方為什麼不注意這件事？」

我道：「那可能是幾個小偷幹的事，也有可能是實驗室破壞的那晚，貝興國不在，所以教授遷怒於他，他們兩人可能那樣才起了爭執。」

「可能！可能！」裴珍妮突然尖叫了起來，引得好幾個途人向她望來：「你只會講可能，連你自己也不能肯定的事，你卻要強迫我接受，你這個人！」

裴珍妮的話，說得再不客氣也沒有了，但是我卻並不怪她。

我非但不怪她，反倒感到了內疚，我的確是太快推卸責任，我也決定再作深一步的調查，是以我道：「你說得對，我決定得太草率了！」

裴珍妮顯然料不到我會那樣回答她，她歉然道：「我說得……太過分了。」

「不，你說得對，我還要去調查，而且，我一定十分尊重你的意見。」

裴珍妮嘆了一聲：「請你原諒我的固執，興國並沒有親人，他是在孤兒院中長大，自己苦學成功。如果世界上有人了解他的話，我就是了解他的人，他決不會殺人，更不會殺他所敬愛的人！」

我呆了半晌，才道：「你說得對，至少我也承認其中另有曲折，我想，可以找出真相來。」

裘珍妮道：「真抱歉，我一點也不能幫你。」

我想起了貝興國要殺人的樣子，和死得如此之慘的裘達教授，像裘珍妮那樣清雅、有教養的人，自然和這種野蠻而無人性的謀殺，離得越遠越好！

是以我忙道：「裘小姐，你既然已將事情交給了我，那麼就請你信任我，你千萬別再有什麼行動，你……盡可能不要再理會這件事，除非警方主動來找你，你要知道，那是一件十分可怕的謀殺！」

裘珍妮的臉色變得蒼白了，她道：「那麼，兇手會不會對我……」

裘珍妮那樣問我，可知道她的心中，確確實實，不以為貝興國是兇手！

我略想了一想，就回答她：「你不會有危險，如果另有兇手，那麼，如今一定正欣慶有人頂了他的罪，除非他是一個白癡，否則他決計不會再輕舉妄動。」

裘珍妮點頭，我們已來到了一條十分繁華的街道上，我送她上了計程車之後，我大步向前走去，遇到第一個公眾電話亭，走了進去。

我打電話給傑克中校。

傑克中校似乎不怎歡迎我打電話給他，他有點不耐煩地問道：「又有什

麼事？」

「沒有什麼，還是裘達教授的案子，我和裘珍妮才分手，她仍然堅信貝興國無辜。」

「嘿嘿，」傑克中校笑了起來：「你才和貝興國見過面，你不是小孩子了，你可以自己作出判斷的。」

「裘珍妮提及裘達教授被謀殺前的一天晚上，實驗室被破壞的事，她認為這件事，和謀殺案有一定聯繫，而那一晚上，貝興國有不在現場的證據。」

「衛斯理，一個深謀遠慮的兇手，會懂得何時是最好的下手時間！」

我苦笑，傑克中校認為實驗室被破壞，和裘達教授的被殺，就算是有關係的話，也不過是兇手利用了這意外作為他行兇的掩飾！

當然，這樣的推斷十分有理由，也大有可能，但是我卻還是提出了我的要求，我道：「中校，可不可以讓我到裘達教授的住所去看一看，順便看看他的實驗室的被破壞的程度？」

傑克立時答覆了我的要求。他的答覆，只是極其堅決的兩個字：「不能！」

我還想說什麼，但是傑克卻已將電話掛上了。

那時正是下午，陽光十分好，我心中實在有點後悔，如果我不是恰好在小郭那裏碰到了裘珍妮，那麼我現在一定和街上所有人一樣，在享受着陽光，心情輕鬆，說不定我在野外憩息，享受大自然的風光。

但如今，我正為這樣一件可怕的謀殺案在傷腦筋，而且得不到任何線索！

我在電話亭旁站了一會，慢慢地踱着，半小時之後，我回到了家中。

我在陽台上坐了下來，一言不發，白素來到了我的身邊：「看你，兩條眉快打結了，有什麼事？」

我道：「我見到了裘珍妮。」

「裘珍妮？那是誰？」她問。

「就是裘達教授的妹妹。」我接着將我見到了裘珍妮的事，和她講了一遍。

她聽完之後，立即道：「如果你認為一定要去看看裘達教授的住所和他的實驗室，你可以偷進去！」

「不行啊，警方派了人守着，不准人接近。」

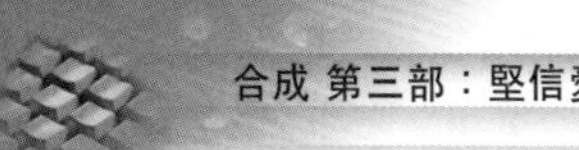

白素微笑起來：「我想，警方雖然派了專人看守着，但主要的目的，是為了防止新聞記者或是閒人，卻不是為了防止你這樣偷入屋子的專家，所以——」

不等她講完，我已疾跳了起來：「所以，我有足夠的機會偷進去！」

她笑着：「對了，可是我不希望你被抓住。」

我吻了她一下：「我會小心！」

那時，我真後悔為什麼離開了電話亭之後，會耽擱了那麼多時間，如果傑克中校也想到這一點，而加派警員的話，那麼我就會遇到困難了。

我立時衝下了樓梯，奔出了門，駕着車，向裴達教授的住所駛去。

裴達教授的住所在郊外，在將到目的地時，我放慢速度，駛過了裴達教授的那所房子。

那是一所小洋房，洋房的本身不算大，但是緊挨着洋房前的，是一棟方形的建築物，那方形的建築物十分大，前半部全是玻璃，是培養植物的暖房，我駕車經過時，只看到玻璃十之八九都已破碎。

在圍牆之外，有兩個警員守着，圍牆的轉角處，又有兩個警員。我不知屋內是不是還有警員，但是從屋外的情形來看，要偷進去，倒也不是難事。

車子繼續駛出了幾百碼，轉了一個彎，才停了下來，然後，我打量了一下形勢，從一條小路上，向裴達教授的住所走去。

翻過了一些山坡，很快來到了那棟房子的後面，後面也有兩個警員在，但是那兩個警員，顯然還要負責照料另一面圍牆，他們時不時向外走去，我大概有一分鐘的時間可以利用。

而一分鐘的時間，對我來說，可以翻過一堵二十呎的圍牆了，現在，那圍牆只有八呎高。

我小心地向前逼近，到了離圍牆只有五六碼的矮樹叢中，伏了下來，等着。等到那兩名警員轉過了牆角，我就飛奔而出，不到四十秒鐘，我已經翻過了牆，跳了下來，落在後院之中。

我拍了拍身上的灰，來到屋子的後門處，後門並沒有鎖着，推了一推，應手而開，我立時閃身而入，又將門輕輕掩上，然後才轉過身來。

而當我轉過身來時，我不禁呆住了。

我立時知道，偷進裘達教授的住所，是一件極有意義的事，因為單是看到眼前的情形，已有收穫。

我相信在兇案發生之後，警方未曾移動過屋中的一切，那是警方要派人看守屋子，不讓人接近的緣故。因為屋子中的一切，全都遭到了可怕的破壞！

那破壞是如此之甚，我一眼看去，就立時懷疑不是少數人所能做出來！

我此際進了後門，在一間廚房之中，廚房中的一切全被搗毀，非但如此，而且牆上的白瓷磚，也有一半以上被撬了下來，跌碎在地上。

那實在是一種毫無目的的破壞，正因為如此，是以也格外令人不寒而慄。

從廚房通向走廊的門，被劈開了兩半，一半倒在地上，是以我可以直看到走廊上的情形，牆上的牆紙，全被撕下，而且牆上還有許多窟窿，看來好像是用鶴嘴鋤敲打出來的。我踏着滿地的碎碗碎碟，通過了廚房，走出了那扇門，通過了走廊，來到了餐廳，我所看到的情形，更加令得我瞠目結舌！

一張長方形的桌子，四條腳全都斷了，桌面上有不少如同利斧砍過一樣的創痕，看來是破壞者終於沒有力道將之從中劈開。

所有的椅子，沒有一張不是四腳齊折，椅面也全被撕裂，牆上的裝飾，一件不剩，一盞吊燈，被摔在屋角，成了一堆碎玻璃，只剩下一根電線自天花板上垂了下來，看來吊燈是被硬拉下來的。

我繼續向前走去，來到了客廳，情形也一樣，然後我向樓上走去，幾乎沒有一處地方，不遭到徹底的破壞。

而那種破壞，毫無例外，都是為破壞而破壞，只有最沒有人性的人才做得出。

當我由樓上再回到了客廳中之際，我的心中，不禁生出了極度的懷疑！

我的懷疑是：這樣的破壞，絕不是一個人徒手可以做得出來。應該是許多人，而且還有各種各樣十分合用的工具，不但如此，這幾個人，還一定有着極強的體力，和相當的時間，才能造成那樣程度的破壞。

貝興國一個人，絕對做不到這一點。

眼前的事實，可以得出兩個不同的結論，一個是：貝興國是兇手，他還有好幾個同謀；另一個結論則是：貝興國不是兇手，因為他根本無法造成那樣程

度的破壞。

同時我也想到，一間屋子中的陳設，受到了那樣嚴重的破壞，所發出的聲響，一定十分驚人，睡在這棟房子中的裴達教授和貝興國，不可能聽不到，聽到了聲響，他們一定會出來。

我在樓上，看到兩間臥室，其中有一間自然是屬於貝興國的，那間臥室也遭到了徹底的破壞。這使我又產生另一個疑問：如果貝興國殺害裴達教授，那麼，他將屋子破壞，作為餘怒未熄的泄憤，還勉強可說，然而他卻是絕沒有理由連自己的臥室也破壞無遺！

在他的臥室中，還有一張裴珍妮放大的照片，也被撕成了兩半。

而且我也難以想像為什麼兇手要作那樣程度的破壞，兇手是要尋找什麼隱藏着的東西？顯然不是，有目的的破壞，和無目的的破壞，一看就可以看出來。沙發墊子被割開，可能是為了尋找什麼東西，但是每一隻燈膽都打得粉碎，這又是為了什麼？

第四部

自己承認殺人

我在屋子中停留了大約十五分鐘，才閃出了大門，我盡量不讓守在圍牆外的警員發覺，出了客廳，我發現花園中的一切倒是完整的。

我穿過了花園，從被打破了的玻璃中進了溫室。那溫室十分大，在溫室中培養的植物，至少有一千多種，但卻沒有一種沒被弄得泥翻根露。

我搖着頭，到了溫室的盡頭，推開了一扇門，那是裘達教授實驗室中心部分了，我只是向裏面望了一下，沒有再走進去。

那一間堪稱是世界上最完美的生物實驗室，如今，即使叫最有經驗的收買破爛者來揀，只怕也揀不出五毛錢值錢的東西。

徹頭徹尾的破壞，自從我一進來之後，所看到的一切，就只有觸目驚心的破壞。

警方不讓記者接近屋子，實在是情有可原，因為那樣的無意識的破壞，是人性中所有的破壞的一面。人是十分喜歡破壞，為了仇恨，為了妒嫉，為了好奇，為了達到某一種目的，都會有種種的破壞行動，戰爭所帶來的破壞，更是眾所周知的事實。

有目的的破壞，和無目的的破壞，全在人性的範疇之內。

然而，那是什麼人做出來的？若說不是人，什麼野獸能做出那樣徹底乾淨的破壞？

我的腦中亂到了極點，甚至無法去想，只好苦笑着，準備退出去。

就在我身子轉了一轉之際，我看到了一樣東西，那是進屋子以來所看到的唯一完整的東西，是以雖然那東西十分普通，也立時吸引了我的注意。

那是一個圓柱形的，約有五十公分高，直徑二十公分的玻璃瓶，這種玻璃瓶，用來浸製生物標本，實驗室中一定不止一個。

但這一個是完整的。

那一個圓柱形的瓶，在一大堆玻璃的當中，它能保持完整，實在是一件不可思議的事，自然也立時吸引了我的注意。

我連忙踢開了地上的碎玻璃，使我的腳在踏下去時，不至發出異樣的嘈聲，然後，我向前走去，而當我走近那圓柱形的標本瓶之際，我更是呆住了，幾乎不能相信，我看到的乃是事實！

別以為我看到了什麼稀奇古怪的東西，我看到的是極普通的東西，幾乎是每一個人兒童時期都玩過的蝌蚪！是的，那標本瓶中，約有兩吋高的水，和一塊拳頭大小的鵝卵石。

在水中，大約有十來條蝌蚪在游着！

當我又接近了一些時，我更看到，那十來條蝌蚪，有大半已然生出了四隻腳，快要變成小青蛙了。

在一個生物實驗室中，發現一個標本瓶，養着十幾條蝌蚪，本來不足以大驚小怪，很可能裴達教授養來觀察青蛙的生長過程。

但是，在整棟屋子幾乎沒有一樣東西能夠保持完整的情形之下，那一瓶蝌蚪卻能碩果僅存，這不能不說是一件奇怪之極的事。

我停了片刻，再繼續向前走去，到了那標本瓶之前，俯身將標本瓶捧了起來，我發現標本瓶上還貼着一張紙，紙上有四個字寫着。

那四個字，筆劃生硬，歪歪斜斜，一看便知道是小孩子的字，而那四個字是：「亞昆養的」四字。

「亞昆」，自然是一個人的名字，這個亞昆，不消說，一定是那瓶蝌蚪的主人。

那也沒有什麼出奇之處，養蝌蚪，和在瓶上貼一張紙，寫明這蝌蚪是屬於誰的，這正是小孩子的行徑。可是問題卻來了，裴達教授未曾結婚，不會有孩子。而他對他的實驗室管理之嚴是人盡皆知，如何會在他的實驗室中，有那樣孩子氣的東西？

而且，亞昆是什麼人？如果他是一個孩子，那麼他在什麼地方？在這件案子中，他擔任着什麼角色？他是被害了？還是失蹤了？

那是一件十分值得注意的事，至今為止，警方還一直以為只有兩個人是和案子有關，一個是死了的裴達教授，另一個是疑兇貝興國。

但顯然還有第三者在內，那第三者叫作亞昆，可能是一個孩子，現在下落不明。

我呆立了片刻，將標本瓶輕輕放了下來，放在原來的地方，突然，我的心中興起了一個十分古怪的想法，那時我之所以會產生那樣的想法，是很突然的，可以說沒有事實支持。

我突然想到的是，這一瓶蝌蚪之所以能夠得到保存，是不是那破壞者，特別喜歡蝌蚪？而最喜歡這瓶蝌蚪的人，應該就是牠們的主人亞昆。那麼引申下去，就可以得出一個結論：這一切破壞，是亞昆造成的！

我只是想了一想，便放棄了這個想法。因為這一想法雖然在推理上站得住，但事實上，卻難以解釋得完滿。因為，亞昆可能是一個孩子，孩子絕無能力造成那樣程度的破壞！

我再向實驗室其他部分看去，有許多籠子，本來可能盛載一些小動物，這時也全都毀壞了，籠中的小動物，自然也逃走了。

在幾隻被拉出來的抽屜中，我看到很多紙碎，那自然是裘達教授實驗的紀錄，但此際全被撕成了指甲大小的碎片！

我已幾乎看遍了整棟房子和整個實驗室。若說我沒有什麼發現，那自然是說不過去的。但如果說我是有所發現的話，那麼我只是走進了愈來愈濃的迷霧之中！

或許，穿出了迷霧之後，我可以看到事實的真相，但是至今為止，我發現我還在迷霧中！

我悄悄地退出了實驗室，再經過了屋子，通過了廚房，推開後門，來到了圍牆腳下。

到這時候，我完全明白警方的苦衷，警方雖然獲得了疑兇，但是卻也知道整件案子的案情，實在太過撲朔迷離！

那是一件棘手到了甚至難以對疑兇進行起訴的案子！我在圍牆下略站了片刻，爬上了圍牆，等那兩個警員又踱過牆角時，我便跳了下去，奔進了樹叢中，然後，我就離去。

當我駕着車回到市區的時候，我一直在思索着，但是我卻無法在混亂之中覓出一點頭緒來。

我並沒有回家，而是走進了小郭的事務所。小郭不在，我用他的電話，和裴珍妮通了一次話。

我問裴珍妮：「你可知道，除了你哥哥和貝興國之外，那屋子中還有第三者？」

裴珍妮的聲音是十分吃驚的：「第三者？我想那不可能，哥哥連我也不經常肯招待，他一切飲食，全是自己照料的，只有興國和他住在一起。」

裴珍妮的回答，可以說早在我的意料之中，因為如果她知道有第三者的話，她早就對我說了。

但是我還是問她：「那麼，你對一個叫『亞昆』的人，可有印象？」

「亞昆？」裴珍妮反問我。

「是的，他可能是一個孩子。」

「不知道，我從來也未曾聽過這個名字，我也不知道有什麼孩子和我哥哥在一起。」裴珍妮頓了頓，才又道：「衛先生，如果事情十分困難的話——」

不等她講完，我便立時截斷了她的話頭：「事情的確很困難，但是我決不放棄，請你繼續等我的消息。」

說完，我就放下了電話，然後，我又接通了傑克中校的電話，我第一句話就道：「中校，可要聽我提供裴達教授一案的新線索麼？」

傑克中校「哼」地一聲：「我真佩服你，任何事情，只要給你一搭上手，想要將你拋開，實在太不容易，你是一個臉皮厚到了人家打上來也不知痛的人！」

我早知道我如果和傑克中校再通電話，他決計不可能有什麼好聽話講出來的，所以我聽了他的話之後，也根本不動氣，反倒存心氣氣他：「你說得很對，我有新線索，你不想聽了，是不是？」

傑克中校對於這件案子，顯然十分關注，因為他終於道：「什麼線索？」

「我認為，你應該注意一個叫作『亞昆』的人。」我說得相當緩慢。

即使在電話中，我也聽到了傑克中校陡地吸一口氣的聲音，便聽得他道：「你是一個無賴，衛斯理，你老實說，你是怎麼知道亞昆這個人的？」

我笑了起來：「中校，你不必生氣，你不妨猜猜，我是怎麼知道的？」

傑克又罵了一連串十分難聽的話，但是他的聲調終於軟了下來：「喂，你不會將有關『亞昆』的事泄露出去的，是不是？」

我「哈哈」笑着：「當你剛才罵我的時候，我已經決定泄露出去了，但如果你的態度好轉，我想我可以改變決定。」

「你必須改變決定，因為警方正在設置陷阱，希望這個亞昆自動投入陷阱！」

「那麼，警方對亞昆知道了一些什麼？」

「不知道什麼，警方只知道……在裴達教授的實驗室中，有他養的一瓶蝌蚪，而那是整棟屋子中唯一未被破壞的東西，我相信你也一定看到的了！」

傑克中校已料到了我翻進了圍牆，進過裴達教授的住宅，我自然也不必否認，我又道：「中校，這件事，我們如果合作的話，比較有利，你以為我的提議是不是對？」

傑克中校考慮了半晌，才道：「或許是，但——」

我不容許他多作猶豫，立時便道：「既然如此，我想再見一見貝興國。」

傑克中校叫了起來：「你不怕他襲擊你？」

「我不怕，要明白那亞昆是什麼人，唯一的捷徑，就是問貝興國！」

傑克中校又考慮了好一會，才道：「好的，我們也想知道，你來吧，我等着你！」

我放下了電話，立時離開了小郭的辦公室，想起第一次見貝興國的情形，有點不寒而慄，但我還是必須再見他一次！

因為只有在貝興國的口中，我才能知道那亞昆是什麼人，為了避免上次那種情形的再度出現，我決定不用直接的方法去問他。

所以，當我在傑克中校以及其他警官，神情緊張地打開囚室的門，又走進了囚室之際，我心中早已擬好了和貝興國談話的腹稿。

貝興國仍然面向着牆躺着，我進去之後，咳嗽了一下，他才翻過身來。

他雙眼有些失神地望着我，好像從來也未曾見過我一樣。我倒希望他不再記得我，因為若是那樣的話，我們可以有一個新的開始，而不必受上次見面不愉快的結果所影響。

我在離牀前之四呎處站定，當然全神戒備。

我等他先開口，但是他卻冷冷地望定了我，一聲也不出。我只得先開口：

「貝先生，我想向你問一個人，你肯回答？」

他望着我，像是一個反應十分遲鈍的人一樣，過了足有十秒鐘，他才點着頭：「可以。」

他的聲音，聽來十分疲倦，十分嘶啞。

我得到他的首肯，心中又生出了希望，我也用十分緩慢的聲調道：「我要問的那個人，叫作『亞昆』，他……大約是個孩子。」

這一次，貝興國的反應，卻來得十分之快，他立時道：「『亞昆』不是孩子。」

我大是高興，忙又問：「哦，原來『亞昆』不是孩子，那麼他是什麼人？他現在在什麼地方？」

貝興國望定了我，他只是那樣定定地望着我，我又忙道：「貝先生，你快說，那『亞昆』在什麼地方？他，警方如果找到了他，那麼對你的處境，大有幫助，你快說。」

貝興國在突然之間，雙手捧住了頭，他臉上那種痛苦的表情，實在是難以形容，他的身子在劇烈地發着抖，他所發出的嚎叫聲，更是驚心動魄。

他終於叫了一句話來：「別再問我了，判我死刑，判我死刑，我有罪！」

我呆了一呆，一時之間，實在有點不知所措，貝興國自己認為有罪，自己認為他應該被判死刑，那麼別人怎能幫助他？

看他的情形，他的情緒分明在十分激動的情形之下，所以我又退後了幾步。貝興國陡地站了起來，他喘着氣，仍然在嚎叫着：「判我死刑，我罪有應得，我殺了人！」

我深深地吸了一口氣，貝興國的雙手，緊緊地握着拳，令得他的指節骨「格格」作聲，他的雙眼，突得十分之出，看來十分可怕。

我盡量使我的聲音聽來平靜，我問他：「貝先生，你殺了什麼人？」

他聽得我那樣講法，突然坐了下來，他並不是坐在牀上，而是突然之際，坐倒在地上，由此也可見我這一問，令得他大受震動！

我之所以要那樣問他，是因為我覺得他雖然自認殺了人，但是我卻不以為他殺的是裘達教授。因為裘達教授如果是他所殺，而且是用那麼殘忍的方法殺死的話，那麼在提到裘達教授的時候，他一定不可能再那麼恨。而這時，看他突然坐倒在地的情形，也可以證明我這一問十分有理。他的確殺了人，但是被他殺死的卻不是裴達教授！

這又是一個意想不到的變化，他殺了什麼人呢？他是在我提及了「亞昆」之後，才叫嚷着自己有罪的，那麼，難道他殺的是「亞昆」？

為了要證明這一點，我又問道：「貝先生，死在你手中的，可是『亞昆』？」

他雙手抱着頭，頭低着，但是我還是可以聽得他在哭着，他一面哭，一面道：「我們殺了他，我們殺了他，我們殺了他！」

他一連講了三遍，但是我卻仍然有點不明白，我道：「你們？貝先生，你和誰？」

貝興國並沒有回答我這個問題，他仍然哭着，我耐心等着他，過了片刻，哭聲止住了，他站了起來，轉過身來：「請你離去吧。」

我自然不肯就此離去：「貝先生，你還未曾回答我的問題，『亞昆』究竟怎麼了？」

貝興國回到牀上躺了下來，他的聲音又變得十分疲倦：「我現在什麼也不想說，我再也不願提那些事，你走吧，判我死刑好了。」

我提高了聲音：「你是受過高等教育的人，你應該知道判死刑不是隨便的事，而且，裘達教授又是怎麼死的？」

一提到裘達教授，貝興國又陡地跳了起來，神態獰惡地瞪着我。

但是我故意激怒他的，自然早有了準備，我也回瞪着他，他突然坐了起來：「你問他是怎麼死的？他自食其果，死有餘辜！」

我忙又問道：「他做了些什麼？」

貝興國的樣子雖然憤怒，但是他卻十分理智，他斬釘截鐵地道：「我已告訴過你，過去的事，我再也不想提，我絕不會向任何人提起，你不必白費時間。」

我實在想不出，貝興國有什麼不願告人的事，但是有一點我可以肯定，那就是事情一定和「亞昆」有關。本來，在貝興國的身上，了解整件事的經過，是最方便的捷徑。

但是，貝興國說得如此之決絕，令得我實在無法再問下去，只好再另外想辦法了。

我呆了一會，試探着道：「或許，你會改變主意，譬如說，你的未婚妻裘珍妮，她對你十分關切，她堅信你是無辜的！」

貝興國搖頭道：「她錯了，我有罪，不論我受到了什麼懲罰，都罪有應得，請你代我轉告她，我罪有應得！」

他講到這裏，臉上所現出的痛心之極的神態，任何演員都演不出！

我望了他片刻，才道：「我自然可以替你轉達那幾句話，但是我既然要轉達你的話，當然要轉達清楚，你說你罪有應得，你犯的是什麼罪？」

貝興國的身子又震驚了一下：「我……我……犯了……犯了……」

他遲遲疑疑，像是十分難以講得出口，但是在停頓了半晌之後，他便抬起了頭來，現出了一個苦笑：「殺人，自然是殺人！」

「好，那麼，如果裘珍妮小姐問我，你殺的是什麼人，我又該如何回答呢？」我又巧妙地問他。

貝興國的聲音變得極之苦澀，那種聲音只要一聽到，就會使人極不舒服，他道：「請她不必再問下去，我……說也說不明白的，請她別再問下去就是了。」

裘珍妮或者肯不再問下去，但是我卻不肯，我即使不能在貝興國的口中，

問出全部事實真相來，我也希望多得一些線索。

是以我又立時道：「貝先生，你其實並沒有殺人，對不對？但是因為某一個特別的原因，你卻承認了不是屬於你的罪名，對不對？」

貝興國大聲叫了起來：「不對，不對！」

貝興國叫得愈是大聲，愈是使我相信我的判斷正確，我不理會他的叫嚷，自顧自道：「說出來吧，為什麼要承認自己殺人，如果不說出來，就算承認殺人，一樣不會減輕痛苦！」

我只當我這幾句話一說出口，貝興國一定又要大叫大跳，來否定我的說法了。

我已料定了他會有那樣的反應，而他如果有那樣反應的話，那就表示我的料斷正確，我就可以用別的話，將事實的真相，慢慢地擠出來。

但是，我卻失望了。

因為在聽了我的話之後，貝興國的態度，反倒變得十分冷靜，他的聲音也平靜了下來，只是冷冷地道：「你說錯了，先生，不錯，我現在感到痛苦，但是我感到痛苦的唯一理由，便是我還未能走進死刑室去。」

我不禁呆住了。說我是被貝興國的神態嚇呆了，也未嘗不可。

傑克中校說得不錯，貝興國不是瘋子，他十分理智，十分冷靜，他自認有罪（看來我的料斷也不對頭），但是，他究竟犯了什麼罪，或者說，他究竟做了些什麼，才令得他感到自己是如此之罪惡，只求速死呢？

他是一個受過高等教育的人，當然有一定的道德觀。他這時，說他唯一的痛苦便是不能快死，那就是他的道德觀在譴責他。

那麼，他又何以會去做那有罪的事呢？

一定要貝興國講出心中的話，才能解決整個疑問，但是看貝興國的情形，他決計不肯說，因為他又在囚牀上躺下，背對着我。

又經過了十分鐘的努力，不論我說些什麼，貝興國總是一聲不出，我嘆了一聲，敲着囚室的門，走了出來，傑克中校望着我：「衛斯理，他承認殺了人！」

我知道我和貝興國的全部談話，傑克中校利用了傳音設備，都聽到了。是以我一面點着頭，一面道：「但是，我想他殺的不是裴達教授。」

傑克中校揚起了眉：「有這個可能？到現在為止，我們只發現了一具屍體。」

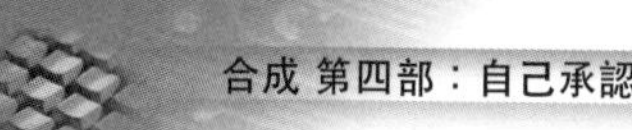

我的心中十分亂，亂到了我根本無法和傑克中校討論推理上的任何問題，我只是不斷重複地道：「他一定做了什麼，一定做了什麼！」

傑克中校大喝了一聲：「你喃喃自語有什麼用？得想法子自他的口中套出他曾做過什麼來才好！」

我苦笑着：「我試過了，中校，你知道我試過了，他不肯說。你詳細檢查過裴達教授住宅，可有什麼發現，譬如說，裴達教授或是貝興國的日記，或是其他的記載？」

「沒有，除了那一瓶蝌蚪之外，沒有完整的東西，而關於那瓶蝌蚪，我們也聽過心理學家的意見。」

「心理學家怎麼說？」

「心理學家看過了現場的情形之後說，整所屋子中的一切，遭到了如此嚴重的破壞，而那瓶蝌蚪能保持完整的唯一原因，就是破壞這一切的人，十分喜歡這瓶蝌蚪，那是他的心愛之物，所以才能保持完整。」

我點頭道：「對，照這樣推理下去，破壞者是『亞昆』，因為除了『亞昆』之外，不會再有什麼人喜歡那瓶蝌蚪！」

「對是對的，如果『亞昆』是破壞者，自然兇手也不會是別人，那麼，貝興國又犯了什麼罪？」

我無法回答，因為我覺得整件事中，一定有一個常理所不能揣度的關鍵，不破解這個關鍵的話，不論向任何一方面想，也不論如何想，總是「此路不通」！

我搖着頭，道：「不知道，或許我們還要在屋子中進行一次大搜索，或是大清理，可能會有更多的線索。」

傑克想了一想：「你的意見或者對，但是我想再等多三天。『亞昆』如果真喜歡那蝌蚪，他會回去取。」

我道：「好的，你可以多等三天，但是你應該加派較能幹的警員去守視，如果『亞昆』像我那樣，進出自如，那你就白等了。」

傑克中校的神情，雖然有些尷尬，但是我看出他還是接受了我的建議。我又道：「三天之後，當你決定大清理之時，希望我能幫助你。」

「好的。」傑克中校十分爽快地答應。

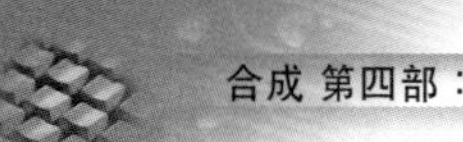

他真正遇到困難，需要別人的幫助了，要不然他決不會那樣好說話。

在離開了警局之後，我想去見裘珍妮，但是我隨即又打消了這個念頭，因為我第二次晤見貝興國，對事情的進展，一無幫助！

我回到了家中，將經過的情形，全都對白素說了一遍，她也一點頭緒都沒有。

我知道在貝興國的口中，極難套問出什麼，所以我希望在清理屋子時，會有所發現，而那卻要等到三天之後。

於是我決定令我自己輕鬆一下，暫時將事情拋過一邊。但是到了午夜，事情卻又發生了變化。

當我被電話鈴聲驚醒之際，我看了看鐘，那是凌晨三時二十分！

三時二十分而被電話吵醒，心中總有點十分不自在，是以我拿起電話之後，並沒有出聲。我沒有出聲，自然聽到了對方的聲音，那竟是傑克中校的聲音。

我的精神為之一振，傑克中校在那樣的時間打電話給我，那一定是裴達教授一案有重大的發展了，莫非他已經捉到那個「亞昆」了麼？

我忙道：「中校，什麼事？」

傑克中校的聲音十分苦澀：「貝興國死了。」

我嚇了老大一跳：「他在警方的看管之下，怎麼會死的？」

傑克中校嘆了一聲：「一個人要找死，總很容易，他弄開了燈泡上的鐵絲網，弄下了燈泡，觸電死的，等我們發現時，已經沒有救了。」

我聽了傑克中校的敘述之後，不禁呆了半晌。

第五部

「合成計劃」

貝興國竟來不及等法律的裁判而自殺了，由此可見，他真是做了什麼使得他內心負疚之極的事情，否則，他決計不會那樣。

我又忙問：「可有遺言？」

「有，他用拆下來的鐵絲，在牆上寫下了幾個字。」

「念給我聽，快念給我聽。」

「他這樣寫着：『我死了，罪有應得，別調查我們的死因，千萬別調查。』就那麼簡單的幾句！」

我吸了一口氣：「他的意思好像是說，裴達教授的死，和他一樣，罪有應得！」

「好像有這樣的意思，但是卻模稜兩可。在他的遺言中，可以肯定一點：他和裴達教授，在生前一定犯下了莫大的罪惡！」

「不錯，我和你的看法完全一樣，我們現在要做的事，便是——」

我才講了一半，傑克中校便已接了下去，道：「——我們要徹底搜查清理裴達教授的住所！」

我立時道：「你準備何時開始？」

「何時開始？自然是現在，我在那裏等你，你立時就來，看看我們可以發現什麼。」

傑克中校的語氣十分急，那是必然的。因為他一定無法隱瞞貝興國自殺的消息，而這消息傳了出去，警方便會遭受各方面的指摘。

這種指摘，可能十分之嚴厲，而唯一減輕這種指摘的辦法，便是找出貝興國罪有應得的證據來，公諸於世。

我立時從牀上跳起來，穿衣着鞋，奔了出去，跳上車子，將速度提高到每小時八十里，衝向裴達教授的住所，我已經算得快了，但傑克比我更早到，我到達的時候，整所屋子燈火通明！

傑克至少指揮了一百個警員在工作，我找到了正在大叫大嚷的傑克：「中校，我們不能亂來，每一個地方找到的碎片，要放在一起，紙片歸紙片，木碎還木碎，要分門別類，最重要的是紙片，不論多麼細小，都要歸納起來，請你快告訴你的手下。」

傑克照我的話，吩咐了下去，而我們兩人，則各帶着五名警員，各自到了最重要的地方，他到裴達教授的書房，我到貝興國的臥室。

我也不耽擱，立時清理貝興國室中的一切紙片，那幾個警員將所有的紙片全拾起來，裝在一個竹筐中，我則再將紙片倒出來，分門別類。

揀拾出來的紙片，可以分成好幾類，很多是信，尤以裴珍妮寫來的信為多，我已看熟了貝興國的筆迹，將所有不是他筆迹的字，全都剔去。

然後再行分類，我看出有兩大類，一類是他工作和實驗的箚記，另一類，則是字迹相當潦草的文稿，我勉強讀了碎片上的幾個字，看來貝興國是正在寫一部文藝愛情小說。

那種小說內，自然不會有我所要的資料，我再將之剔去，就在那時，一個警員拿着手掌大小的一片紙片來，道：「這裏有較完整的一張紙，因為塞進了抽屜的縫中，所以沒有撕碎。」

那紙片其實也是撕碎了的，但是紙片上總算有一句完整的句子，上面有一個日期，那是距今半年之前，然後是一行字：合成計劃今日開——

那句句子自然應該是「合成計劃今日開始」，只不過那個「始」字被撕去了。那沒有什麼用處，「合成計劃」自然是他們的實驗工作之一，而我們要找的，卻是兇案的重大疑犯的線索，是以我立時將紙片放在一邊。

我又忙了一小時左右，沒有發現，到裴達教授的書房中去看傑克。傑克滿頭大汗，也在採取我的辦法，將所有的紙碎分類。

他看到了我，忙向我招手：「來，來，你看這個，可有什麼特殊的意義？」

我向他所指的看去，在桌上，他將一種淺綠色的硬紙，拼成了殘缺不全的長方形，那是一本摘記簿的封面，上面寫着「合成計劃」四個字。

在那四個字之旁，還有一行小字：劃時代的計劃。

我皺起了眉：「看不出有什麼特殊的意義，在那邊，我也看到寫有合成計劃字樣的紙片，但那只不過證明那是他們實驗的一個計劃。」

傑克問我：「他們想合成什麼呢？」

「我自然不知道，或許是人工胰島素，或許是更進一步的具生命的蛋白質，那只要到大學去了解一下就可以了，我想和案情無關。」

傑克嘆了一口氣：「那麼，我不相信還能發現任何東西了，我也找不到任何有關『亞昆』的紀錄，只是發現教授原來也賭馬！」

我呆了一呆：「這是什麼意思？」

傑克將在桌上堆成一堆的卡片碎，堆到了我的面前，道：「你自己看吧。」

我拿起了其中一些，攤在手掌上，有兩張上面寫着一個「Q」字，接着便是一些數字。數字很簡單，全是兩位數，最多不超過十八。

我苦笑了一下，道：「你以為教授是在賭連贏位？」

「我想是的。」

我正準備將那些碎片順手拋去，可是剎那之間，我的心中，陡地一動，我道：「中校，教授是一個生活極有規律的人，他不可能是賭徒！」

傑克呆了一呆，道：「照理說是不會的，可是那個『Q』字，又有什麼意思？」

「中校，你看那『Q』字，會不會代表着『亞昆』？」

傑克呆了一呆，忙回頭道：「你們兩人，合力將這疊碎片湊起來，盡可能湊回原形。」

「是！」兩個警員將那一堆紙片接了過去，而我在無意之中，卻在一片紙碎上，看到了一個日期，我十分熟悉那日期，因為我看到過，那正是「合成計劃」開始的那一個日期！

這可以說是一項極重大的發現！

這使那些碎紙上的數字，和「合成計劃」聯繫了起來。而「Q」如果代表了「亞昆」，那麼，合成計劃，也和整件事有關了。

所以，我和傑克中校兩人，都十分興奮，我們將所有有關的紙碎，全部拼湊了起來。但是過不了多久，我們又失望了。第一，我們找不出「Q」就代表着「亞昆」的確鑿證據。找不出確鑿的證據來，一切就只是我的臆測。第二，在我們湊成的紙碎上看來，那些數字，全一點意義也沒有，除了那日期之外。

那日期是「合成計劃」開始時的日期，而其餘的數字，究竟代替了什麼，只有天曉得。

而我和傑克中校兩人，都實在感到很疲倦了，我們在地上坐了下來，各自苦笑。

傑克中校先開口，他搖着頭：「沒有結果，一點結果也沒有，唉，我看只好將所有的材料放入檔案，列入懸案！」

傑克中校準備放棄本案了。

的確，這件案子可以列入「懸案」，因為案中有死者，有疑兇，疑兇「畏罪自殺」，那麼自然沒有什麼可以繼續偵察的了。

如果傑克中校就此不過問這件事，他也不能算是不盡責，因為整件事都十分神秘，超乎警務工作的範圍之外。

但是我卻無意放棄，事情愈是神秘，我愈是要探出它的真相來。

所以，我略呆了一下，才道：「中校，如果你要將這件案子歸檔，那麼，移交給我來作私人偵察，不管有結果或是沒有結果，都不關你的事，好麼？」

傑克中校也望了我半晌，才道：「你好像是對我在威脅什麼？」

「不，不，我沒有這意思，我是說，作為警方的工作而言，可以到此為止了！」

「哼，那要像你這種好奇心太強的人不再活動才行！」

「中校，我管我活動，我在暗中活動，不將我的活動公開，那和你不發生關係！」

傑克中校一字一頓：「記得，不能公開！」

我點了點頭，傑克中校站了起來：「那麼，再見了，我決定撤退，回去寫報告，從此忘記這件事，請你也別再在我面前提起這件事來。」

這當然就是傑克中校的「條件」了。那樣的條件，十分容易接受，我立時點頭，傑克站了起來，下令收隊。

警員的行動素經訓練，不到十五分鐘，所有的警員全收隊回去，離開了裘達教授的住宅，我聽到一輛又一輛警車離去的聲音，住宅的燈火，也全熄去，只有我所在的那間，還亮着燈。

剛才還是鬧哄哄，幾乎天翻地覆的屋子之中，靜得一點聲音也沒有。我向窗外看去，天已經矇矇光了。

我站了起來，來回踱了幾步，決定以後應該做的事情：向大學方面去詢問，裘達教授的「合成計劃」究竟是怎麼一回事。去調查「亞昆」的下落，他是案中的一個主要關鍵。

我的腦中一片混亂，我關掉了電燈，靠牆坐了下來，晨光曚曨，我閉眼養着神，想趁天亮之前，略為休息一下。

當然，我無法睡得着，思潮起伏，不知要想多少事。

最後，我得出一個結論，從我第二次和貝興國會面時，貝興國所說的一切看來，貝興國和裘達教授兩人生前，一定合力在做着一件罪惡的、不可告人的事情。

因為貝興國說裘達教授「罪有應得，死有餘辜」，而也承認他自己「有罪」，最後，他甚至為了他自己的罪而自殺！

我也可以推測他們兩人犯罪的關係：裘達教授是主動，貝興國被拖下水，所以貝興國才會那樣恨裘達教授。

當我想到這裏的時候，我的心中更是駭然，裘達教授和貝興國究竟在做什麼事？那可以有太多的揣測。他們兩人或許是和大規模的販毒集團在用新發明的方法，大量製造毒品！他們兩人也可能將新的生物學上的發現，交給外國特

務集團，他們兩人可能……

當我在沉思這些設想之際，我的頭像是整個要脹了開來一樣，不禁長嘆了一聲。

而隨着我那一下長嘆聲，我突然聽得屋外，傳來了「嘩啦」一聲響。在寂靜的清晨中聽來，那一下聲響，可以說得上十分驚人！

我立時站了起來，奔到了窗前，循聲向外看去。我只向外看了一眼，便已然肯定，那一下聲響，是從實驗室中傳出來的。

我立時衝出門，向實驗室奔去。實驗室中的一切，和我上次偷進來的時候，似乎並沒有什麼不同，仍然是那樣地凌亂。

但是，我卻立即發現，一個木架子新倒下來，因為那木架子恰好擋在門前，如果它是早已倒下的話，那麼我上次一定不能順利進入實驗室。

而那個木架自動倒下來的可能性十分小，所以我立時站定，喝道：「誰？誰在這裏？」

我的話並沒有得到回答，我轉着身子，四面察看着，這時，天剛亮，朝陽甫生，陽光射進了實驗室來，使我可以更清楚地看清實驗室中的一切。

而當我的目光停留在實驗室的中央部分時，我不禁突然呆了一呆：那瓶蝌蚪不見了！

那瓶蝌蚪，那瓶使我們知道有一個人叫亞昆的蝌蚪！

傑克中校特意留着那一瓶蝌蚪，希望那個亞昆會回來取它，而它現在不見了。

是不是亞昆已回來取了它？那木架又是不是亞昆在帶着那瓶蝌蚪離去的時候撞倒的？亞昆可能一直在附近窺伺，但因為屋子外一直有警員，所以他才不敢前來，現在警員剛一撤退，他就來了！

如果我的推測不錯的話，那麼，亞昆一定還走不遠，我可以追到他！

我連忙退出了實驗室，亞昆可能直奔大路去，是以我也奔到了路邊，可是我看不見有什麼人，我大聲叫道：「亞昆，你出來，我有話和你說！」

我一連叫了七八下，但是卻並沒有人回答我，在公路上駛過的車子，有的甚至停下來看着我。我知道只是叫喚是沒有用的，是以我又開始在路邊的樹叢

中尋找了起來。我在樹叢中發現一條小路，那小路通到一個山坡去，我循着那條小路，繞過了山坡，我看到的是一座相當荒涼的山頭。

我又大聲叫了起來：「亞昆，亞昆！」

在空曠的地方，我的叫聲，引起了陣陣回音。但仍然得不到任何回答。

我已經決定放棄搜尋，但是在這時候，一低頭，卻看到了就在我腳下不遠處，有一個圓形的玻璃蓋子。那正是標本瓶的蓋子！那一項發現，實在使我高興之極！

我推測那木架之所以倒下，是因為亞昆在實驗室取去了那瓶蝌蚪之後，倉皇退出來的時候撞倒的，因為在實驗室中的那瓶蝌蚪同時也不見了。

而如今，我又在這裏看到了那玻璃瓶蓋，那麼，亞昆帶了那瓶蝌蚪，自然是向這個方向來，我只要繼續向前去，就可以找到他。

在整件神秘莫測的事情中，亞昆是一個極其重要的人物，現在，可以有和他相會的把握了，那也就是說，我可以揭開整件事的神秘外衣，心中如何會不高興？

我連忙加快腳步，向前走去，不一會，在穿過了一大叢灌木之後，來到了一個很狹窄的山洞洞口之前。亞昆在那山洞之中，似乎毫無疑問了！

我對着山洞大叫道：「亞昆！亞昆！」

我的聲音，在山洞之中，響起了陣陣的回音，從回音的聲響聽來，那山洞的入口處，雖然十分狹窄，但是內裏一定非常之寬敞。

我叫了幾下，除了回聲以外，聽不到別的聲音。

我又道：「亞昆，我知道你在山洞之中，我進來找你，你不必害怕，我對你沒有惡意。」

我在才一知道亞昆這個名字之際，就斷定他是一個孩子，但是，貝興國卻說他不是孩子，就算不是孩子，那麼他一定也是一個孩子氣的人，不然，他何以要養着那一瓶蝌蚪呢？

成年人或者也會養上一瓶蝌蚪，但是成年人卻絕不會在發生那樣的事情之後，再回到裴達教授的實驗室中去取回那瓶蝌蚪！

所以，我先要說幾句話，哄哄在山洞中的亞昆，表示我沒有惡意，使他不

要再躲着我。

而就在那句話剛一出口之際，我又聽到，在山洞的深處，傳來了一下玻璃的碎裂聲！

本來，我料定亞昆在山洞之中，只不過是一種推斷，然而在聽到了那一下玻璃碎裂聲之後，那卻已是百分之百的事實了。

我低着頭，鑽進了那山洞。

不出我所料，那山洞的入口處，雖然相當窄小，但是裏面卻十分寬大。但也正因為洞口十分狹小之故，是以洞裏面十分黑暗，什麼也看不到。

我並沒有打算自己會處在一個黑暗的環境之中，是以我並沒有帶着電筒，本來，我可以利用打火機來照明，但是我卻並沒有那樣做。

一則，打火機照明的效果不是十分好。二則，一進山洞之後，一股潮濕陰涼的空氣使我想到，我可能是置身在十分危險的情形之下。因為破壞教授的住宅、殺死教授這種事，也有可能是亞昆做出來的。

所以，我非但不曾燃着打火機，而且還放輕了腳步，我先打橫走了出去，直到我的雙手，可以摸到了潮濕的洞壁，我才繼續向前走去。

我每走出十來步，便停下來聽上一會，想聽到什麼聲息，以肯定亞昆的所在。

但是，我卻什麼聲音也聽不到，山洞之中，靜到了極點，我在半小時之內，已繞着山洞，轉了一轉，可是仍然不知亞昆在什麼地方。

我不得不開口叫：「亞昆！」

我的聲音並不十分高，但是山洞中的回音，卻十分驚人，幾乎是「轟」地一聲，突然響了起來，將我自己也嚇了一跳。

在轟然的回聲中，我突然聽到我的左側，響起了一種像是咆哮也似的聲音。那聲音不是十分宏亮，但是聽來卻令人駭然，我連忙轉向左：「亞昆，我知道你在什麼地方，你出來，你跟我一齊出山洞去！」

我一面說，一面向前用力望着。

我在山洞中已然超過半小時，不像才一進來時那樣，眼前只是漆黑一片。但是向前看去，要看清什麼，還是十分困難。

如果山洞中有人，而那人只是蹲着或站着不動的話，我仍然看不見他。但是現在我卻看到了一個黑影在移動。

第六部

力大無窮來去如風

那黑影像是在晃着身子，我看不清，只是依稀可以辨出，那是一個人。

那一定是亞昆，我向前走去，取出了打火機，「咔」地一聲，按着了打火機。

火光一閃，我看到了那黑影。

我也已準備好了話要說，是以在火光一亮的時候，我已開口道：「亞——」但是，我只講了一個字便呆住了。在一剎那間，我真是呆住了，只覺得我的身子不再屬於我自己所有！

那可以說是我一生之中最最恐怖的經歷之一，因為那全然出乎我的意料，當我在影影綽綽看到了那個黑影之際，我肯定那是亞昆，當時不論想多少別的事，都不會想到在火光一閃之下，我看到的竟會是那樣可怖的怪物！我看到的，實在不能算是一個人！那只是一個怪物！那怪物有着人的身體，他幾乎赤身露體，下身圍着一塊布。兩腿短而粗壯，雙臂也是又圓又粗，使人一看到這樣的兩條手臂，便覺得它們強而有力，這一切還不能說是太可怕，因為那只不過是一個四肢發展得較為畸形的人。

但是那怪物的頭部，實在太可怕了，他的頭頂簡直是平的，好像被利刃削過，頭頂上非但沒有頭髮，而且我還清清楚楚地看到了四粒螺絲，鑲在一塊塑膠板上。那塑膠板完全和他頭部的其他地方連結。

那怪物也有五官，他的五官雖然醜陋，但也不能不承認，那是人的五官，只不過他的雙眼之中，卻射出了一種混濁的棕黃色來。

當打火機的火光一亮，我看清楚了那怪物的尊容之際，那怪物就用那種可怕的眼光打量着我！

我心中的震駭，實在難以形容，張大了口，大約是想自然而然地發出驚呼聲，但是實際上卻一點聲音也發不出來。

我和那可怕的怪物，足足相持了一分鐘之久，我並不是喜歡和那怪物面對面地站着，而是實在太意外了，一時之間僵立着，難以移動自己的身子。

一分鐘之後，是那怪物先出聲，在他的口中，發出了一種含混不清的聲音來，接着，我看到他兩條手臂向下垂，我不期然一低頭，看到在他的身前，有着許多碎玻璃，那正是那個打碎了的標本瓶！

一看到那些碎玻璃，我更是吃驚，毫無疑問，那怪物就是亞昆！那樣的一個怪物，如何會出現在裘達教授的住所？又如何能用裘達教授的標本瓶來養蝌蚪？他究竟是不是人？和裘達教授又有什麼關連？

片刻間腦中亂到極點，終於發出了一下驚呼聲來。

可能是我的那下驚呼聲，激怒了亞昆，也可能是亞昆早已準備向我攻擊，就在我剛一出聲間，亞昆突然向我撞了過來。

我在亮着了打火機之際，和亞昆已然相隔得很近，他突如其來地向我撞過來，我立時向旁跳了開去。若不是我在中國武術上有着相當過得去的造詣，我一定被他撞中。

在我向旁跳了開去之際，打火機熄滅。

雖然眼前陡地變得漆黑，但是我也可以知道，在未曾撞中我之後，亞昆的身子，向前直衝了出去。我也正在慶欣自己的一避，避得及時。

然而，就在一刹那間，「砰」地一聲，我的左肩，已然受了重重的一擊！

那一擊的力道，是如此之大，令得我的身子，斜刺裏向外直飛了出去，重

重跌在地上，險些昏了過去，我的左肩上像火燒一樣地痛，我勉力向前爬了兩步，在那一剎，我心中所想的只是在山洞中除了亞昆之外，還有另外一個人在！

而那另一個人，一定就是出其不意地攻擊我的人！

我之所以如此想，是因為我清楚地知道，亞昆在撞不中我之後，身子向後衝了出去，他實在是沒有可能在那麼短的時間內，回身向我攻擊！

但是，我的想法卻立即被事實推翻！

我聽到亞昆所發出來的那種含混不清的聲音，根本無法聽得出他在叫嚷些什麼，但是我卻聽得出他的聲音，忽東忽西，在一秒鐘之內，可以移動十幾碼，動作敏捷之極！

我掙扎着站了起來，左肩仍然痛不可當，左臂軟垂着不能動。

亞昆的手中並沒有兵刃，他徒手的一擊，竟可以造成如此的傷害，氣力之大，可想而知。

他有那麼大的氣力，而他的行動又如此之快，將這兩點聯想在一起，我立時想起裴達教授的住所和他的那座實驗室來。

這兩處所在，都遭到了極其徹底的破壞，這種破壞，看來絕不是一個人在短時間內所能完成的。

但是亞昆卻可以做得到這一點，因為亞昆的行動如此快疾，快得幾乎和猿猴一樣！

我也意識到我的處境十分危險，我必須設法離開這山洞，當然，最好我能將亞昆固定在這山洞中，等我去通知傑克中校。

但是我卻不敢太奢望，因為我左肩已然受傷，我不能和亞昆對敵，我也經不起他再度的攻擊，而他正在滿洞飛奔，我如果一不小心，又會給他撞倒！

我勉力鎮定心神，緊貼着洞壁，慢慢地向前移動着身子，循着亞昆所發出來的聲音，有時我可以看到亞昆的黑影，飛快地掠過。

剛才我曾經清楚地看到過亞昆的外形，他是一個手短、腳短的怪人，但是他行動之快捷，卻絕對在百公尺賽跑的世界冠軍之上。

有好幾次，他幾乎是直撲我而來的，但是他顯然不能在黑暗中看到我，所

以他並沒有撲中我。但是我卻可以看得他更清楚。

他以極高的速度衝向洞壁，眼看他一定要重重地撞向洞壁了，但是他兩條短而粗的手臂，卻立時伸出來，在洞壁上按了一按，一個倒栽筋斗，身子立時又向後倒翻了出去，在不到十分之一秒的時間中，又掠了開去，沒入黑暗之中了！

他的行動是如此之快，那簡直令人難以相信，他的那種動作，只使人想到武俠小說中的「武林高手」的那種被小說家誇張了的動作！

我緊張得幾乎不敢喘氣，向洞口移動着，將到洞口，一矮身，便準備向洞口外衝了出去，但是在一剎那間，我卻犯了一個錯誤。

我未曾想到，我一到了洞口，遮住了從洞口中射進來的光線，亞昆就發現我了！

而亞昆的動作是如此之快，我根本還未曾衝出山洞，亞昆已到了我的背後。

我並不是一個反應遲鈍的人，覺出亞昆已到背後，但是卻連轉過身應敵的機會也沒有，身後便已受到了重重的一擊！

幸而我是彎着身，準備衝出洞去的，是以那一擊，只是擊在我的腰際，而不是擊在我的後背心。

但是那一擊如此之重，令得我向前直撞了過去！

我身手十分敏捷，在跌出山洞之後，打了一個滾，順手抄起一塊石頭，看到亞昆也衝出了山洞。

在日光下看來，他頭頂上的四枚不鏽鋼的螺絲閃閃生光，可怖之極，我用力拋出了手中的石頭，那石頭擊中了亞昆，將他的來勢阻了一阻。

我奮力跳起，向前疾奔去，我受了亞昆的兩擊，才奔出六七步，又跌倒在地上，我喘着氣，我知道我非再跳起來不可，我大聲叫了起來，一面叫，一面又再度躍起。

我一生之中，不知曾遇到過多少強敵，但是我卻從來也沒有如此之狼狽過。

才一躍起，亞昆又已趕到了我的身前，我用力一拳向他擊去，但是別看他的手臂短，出拳之快如閃電，我才打出一拳，他的拳頭已先擊中了我。

不但他的出拳快，而且他的拳頭有力，那一拳擊中了我的胸口，我聽到了自己肋骨斷折的聲音，人也整個向外跌了出去。

在我跌出去之後，已到了路邊，看到一輛汽車駛過來，只向那汽車招了招手，便仆倒在路上，昏了過去。

當我終於又醒了過來的時候，睜開眼，便知道是在醫院中。

我的腰際、左肩和胸口，仍然隱隱作痛，我的面色一定十分難看，因為我看到白素坐在病牀前，在抹着眼淚，而還有一個人在來回踱着方步。

那人是傑克中校。

我發出了一下呻吟聲，傑克中校立時停止踱步，轉過身來：「衛斯理，發生了什麼事？你和什麼人打過架？你怎會給人家打傷的？」

白素也道：「是誰打傷你的，誰有那麼大的本領？」

我苦笑着，傑克和白素都知道我有着極好的武術基礎，而我的傷，又顯然是徒手造成的，能夠勝過我的人，一定是了不起的人了！

我苦笑了一下：「亞昆。」

「你見到了亞昆，他是什麼人？」傑克立時問。

我再度苦笑：「他？我甚至不能肯定他是不是人！」

傑克呆了一呆，用一種十分奇怪的眼光望着我，看他臉上的神情，像是他在懷疑我究竟是不是已醒了過來，還是仍然昏迷。

白素也立即問：「你那樣說，是什麼意思？」

我忍住了疼痛，想坐起來，但是竟不能做到這一點，只得叫白素替我將病牀的前半截抬起一些，好讓我躺得比較舒服。

然後，我才將我如何聽到了一下聲響，追了出去，在山洞中見到了亞昆種種經過，講了一遍。

我的叙述，令得傑克和白素兩人，呆了好半晌，所以我在講完了之後，仍然可以說出我的結論：「毫無疑問，一切全是亞昆造成的，實驗室和裘達教授住宅遭到破壞，那種破壞的程度，除了亞昆之外，根本沒有人做得出來，甚至裘達教授的死亡——」

我講到這裏，略停了一停，傑克已叫了起來：「裘達教授也是亞昆下手殺害的！」

我點頭道：「正是。」

傑克的兩道眉，幾乎打成了結，他苦笑着：「照你的敘述聽來，亞昆是兇手，但是，卻還有兩個疑問。」

我不等他將那兩個疑問提出來，便已經先講了出來，因為我知道，他心中的兩個疑問，必然就是我心中的那兩個疑問！

我道：「第一，那亞昆究竟是什麼？他是怪物？是外星怪人？還是和我們一樣的人？第二，既然從各方面來判斷，亞昆是兇手，那麼，為什麼貝興國在被拘捕之後，非但不替自己辯護，反倒一口咬定他自己有罪呢？」

傑克連連點頭：「是，就是這兩個疑點，實在難以解釋。」

我已然感到十分疲倦，但是還有幾句話，非說不可：「最快解決問題的方法，是拘捕亞昆來查詢研究。」

傑克道：「是，我立時派人去圍捕他。」

我揚起了手：「中校，要千萬小心，不論他是什麼怪物，他極危險，我的遭遇已說明了這一點，你要挑選身手最好的警員，要小心從事，更要警員不可向他開火，我們必須生擒他。」

傑克揸了揸我的手：「我知道，衛斯理，謝謝你提供這許多線索給我，我會小心，事情一有進展，我立時告訴你，你好好地養傷吧！」

傑克中校走了，醫生和護士接着進來，給我服食鎮靜劑，使我能夠徹底休息。

第二天，傑克中校又來了，他的搜捕工作，沒有成績。第三天，第四天，傑克中校仍是一無所獲。

傑克中校顯得十分沮喪，而我的傷勢，則已漸漸痊癒了，一星期之後，我已完全康復了。

像我那樣喜歡活動的人，在醫院中躺了一個星期，那滋味實在不好受，我出院之後，第一件事，便是駕着跑車，繞着市區，用可能的最高速度，兜了一圈，去拜訪裴珍妮。

當我看到了裴珍妮的時候，我幾乎不能相信自己的眼睛，裴珍妮顯然因為接二連三的打擊而變得憔悴，她的雙眼也變得呆滯，和以前判若兩人！

我和她在會客室中坐下，她第一句話便道：「衛先生，我只怕自己已料錯

了，興國真可能有罪，不然他為什麼要自殺？他真是自殺的麼？他——為什麼要犯罪？」

從這幾個問題聽來，裘珍妮精神恍惚已到極點，我自然得好好想一想，如何開始對她講話才好，因為她這時的精神狀態，經不起任何打擊。我吸了一口氣：「裘小姐，這些問題，我們竭力在探索，警方的負責人，已與我充分地合作，我想再問你一下，對亞昆這個人，你難道真的一點印象也沒有麼？」

裘珍妮搖着頭：「如果我對亞昆這個名字有印象，那麼我早就在上一次告訴你了，為什麼你一再問起他？他很重要？」

我沒有再和她繼續討論亞昆，也沒有告訴她亞昆究竟是什麼我們也沒有確定。

接着，我只是問了一個日期，那日期便是在貝興國的筆記簿上寫着「合成計劃」開始的日子，我問道：「你對這個日子有什麼特別的印象？」

裘珍妮皺起了眉，道：「那我可記不起來了，這是幾個月之前的事情了，如果我查一查日記，在這一天發生過什麼事，我可以查得出。」

我忙道：「那請你快去，這一天發生的事十分重要。」

裘珍妮走出了會客室，幾分鐘之後，她便拿着日記簿走了進來，翻着，然後道：「那一天，本來我和興國有約，但是他臨時打電話來推掉了約會。」

「為什麼？有要緊的事？」

「是的，我記起來了，他在電話中對我說，他和我哥哥，開始了一項極其重要的研究計劃，那是人類歷史上從來沒有的，那計劃叫……叫……」

我連忙道：「叫合成計劃！」

「對，叫合成計劃，你已知道了？」

我忙道：「不，我只是知道了這個計劃的名稱，對於它的內容，一無所知，裘小姐，你要切實告訴我這個計劃的內容！」

裘珍妮惘然一笑：「只怕我不能告訴你什麼，衛先生，對於他們的研究計劃，我是從來也不感興趣，你知道，我是學音樂的。」

我道：「如果那真是人類歷史上從來也沒有過的計劃，那麼貝興國可能會對你提起過它的內容，你要想一想，好好地想一想，那十分重要！」

裘珍妮閉起了眼睛，好一會，才道：「不錯，就在那天的第二天，我們見了面，他對我說，他反對這個計劃，但我哥哥不肯聽。我曾打電話問過哥哥，為什麼他和興國起了衝突，他說──」

我興奮之極，因為裘達教授有關那計劃的話，自然是重要之極的！是以我急不及待道：「教授說什麼？」

裘珍妮道：「我從來也不知道我哥哥是那麼衝動的人，他一聽得我問他，便說了貝興國很多的壞話，最後，還下了一個結論，說貝興國是一個困於世俗觀念，沒有科學熱忱的人，像他那樣的人，是永遠不會成為一個偉大的科學家的。」

「哦！」我有點吃驚於教授的武斷：「你哥哥未曾提起計劃的內容？」

「沒有，我也沒有問他。」

「那麼，你總和貝興國提起過這件事！」

「提起過的，興國卻只是苦笑，他說我哥哥的確是一個偉大的科學家，而他卻是一個普通人，如果要做一個偉大的科學家，必須放棄做一個普通人的話，那麼他寧可不要做偉大的科學家。」

我來回地踱着，我的態度十分焦躁，因為我想不出何以貝興國要如此說，我嘆了一聲：「裘小姐，可惜你對他們的計劃一無所知，不然，對於揭開這神秘的事情，一定大有幫助！」

裘珍妮像是十分抱歉地望着我，我又加強語氣：「現在，我甚至可以肯定，一切事情，全是由他們的那個合成計劃而起的！」

我逼視着裘珍妮，希望能夠使裘珍妮多記起一些有關的事來。

但是裘珍妮仍然是搖着頭。

我抱着無可奈何的心情，回到了家中。我想，世上如果沒有人知道「合成計劃」究竟是什麼，或是再也找不到亞昆的話，那麼這一切，要成永遠的秘密了。

從那一天開始，我又在大學中調查了一個時期，我調查的對象是裘達教授的同事，和裘達教授的同學。可是他們之中，卻沒有一個人知道合成計劃是怎麼一回事。

看來，那一定是人類科學上的一項創舉，因為裘達教授曾將之形容得如此偉大，而且，卻如此嚴密地保守着秘密。我也可以約略知道，要實行這個計劃，一定要有驚人的想像力和工作毅力，因為裘達教授的助手貝興國，就曾因這個計劃而興他自己是普通人之嘆！

但是我所知卻也僅此而已，一直到半個月之後，事情才有了新的發展。

那天早上，我翻閱着報紙，在報上有一條不甚顯眼的新聞，說在市區以南，約十五里的一個偏僻鄉村中，有一個豬欄，被徹底搗毀，欄中的十幾頭豬，全被重物壓死，好像是有猛獸來過，鄉民都表示十分恐懼，希望警方派人去保護云云。

我立時取出了地圖，先在地圖上找到了那個小村，然後，循着一條路，那條路一直向北伸展，經過裘達教授的住所，自然也經過我見到的那個山洞。

也就是說，亞昆如果順着這條路逃下去，會到達那個村莊。

對了，我一看到了那段新聞，便認為那是亞昆做的事，只有亞昆才有如同猛獸一樣的破壞力，我立時打電話給傑克。傑克卻因公到外地去了。

傑克已離開，那證明警方已將裘達教授的案子歸檔，不準備再徹查。但是我卻還不肯罷休，只要有一分線索，就要追查到底！

我立時出門，駕着車，一小時之後，我已將車子停在那小村的村口，一條小路，可以通到村莊中去。

第七部

一個白癡

那是一個十分偏僻的小村莊，大約只有十來戶人家，我的出現，首先吸引了七八個衣衫襤褸的兒童，他們一齊叫道：「記者又來了！記者又來了！」

他們那樣叫，當然表示昨天記者曾經來過，我向他們笑了笑：「昨天被人破壞的豬欄在什麼地方，誰能帶我去看看？」

七八個兒童一齊叫了起來，向前奔去，我跟在他們的後面，可是才走了不多遠，一個中年人便迎了出來，那中年人面有憂色，見到了我，嘆了一聲：「記者先生，你們城裏人有知識，那是什麼怪物啊？」

我笑道：「我還未曾看到那豬欄，難下結論。」

那中年人道：「我是村長，你看，就在那面。」

我循他所指看去，只見一堆亂石塊，如果那原來便是一個豬欄的話，那麼，豬欄已被完全推倒了。

村長又道：「最奇怪的是，這事情發生在夜晚，可是村中的十幾隻狗，卻一隻也不叫，狗怎麼會不叫？」

狗怎會不叫？事情的確有些不尋常，偏僻鄉村的狗最會吠陌生人，現在我和村長講話，便不得不將聲音提得十分高，就是因為在我們的身旁，有十幾隻狗在大聲吠叫。

我向前走着：「除了豬欄被破壞之外，還有什麼損失？」

「有，劉家寡婦，少了一些無關重要的東西，她家的門被拆了下來。」村長道。

「失去的是什麼？」我大感興趣。

「沒有什麼，都是亞昆用的、玩的一些東西。」村長毫不經意地回答着。村長可能認為他的話是絕不重要的，但是他的話卻令得我直跳了起來！亞昆！我竟在這裏聽到了這個名字，這個名字竟從村長的口中講了出來，這是何等驚人的發現，那真是意想不到的發現。

我一直以為這個名字，只有我和傑克中校才知道。亞昆是裴達教授案中十分重要的一個人物，他的名字，怎會在一個偏僻的鄉村的村長口中說出來？

一時之間，我幾乎懷疑自己的耳朵，以為我是聽錯了，我忙反問道：「你說什麼人？亞昆？」

村長卻並不以為奇，他點頭道：「是的，亞昆。」

我盡量使我講話的聲調慢些，因為我心中太急於知道事實真相了：「村長，亞昆是什麼人，你詳細告訴我，這事情太重要了！」

村長用十分奇怪的眼光看着我，他當然不知道我所指的「重要」是什麼意思，而我也難以向他解釋清楚，是以我只是催道：「你告訴我亞昆的一切就可以了。」

村長道：「也沒有什麼好說的，亞昆是劉寡婦的兒子，一個白癡。」

「白癡？」

「是的，他生下來的時候，人人都知道他不正常，他父親因此氣死，可是劉寡婦卻仍然將他當作寶貝，辛辛苦苦將他養大！」

我道：「村長，亞昆是白癡，白癡是要等他長大了之後才知道的，你說他一出生就不正常，那卻是什麼意思？」

村長皺起了眉，他顯然不明白我如何會對一個白癡那樣有興趣，而且他也已經覺得有點不耐煩了，但是他還是回答了我的問題：「那是人人都可以看得

出來的，他的手和腳——」

我不等他講完，便失聲道：「他的手和腳都特別短，特別粗壯，是不是？」

村長點了點頭：「咦，你怎麼知道？」

我卻沒有回答村長這個問題，因為這時，我的心中亂到了極點。毫無疑問，我在山洞中見到的那個怪物亞昆，就是這個村中，劉寡婦的兒子亞昆！

但是，何以劉寡婦的兒子，會到裴達教授的實驗室中去養蝌蚪？

而且，我在看到亞昆的時候，亞昆的頭頂上，好像鑲着一塊塑膠板，而且還有幾個螺絲，看來十分詭異，那又是為什麼呢？

我感到我已然應該可以想出什麼了，但是在我面前的，卻只是一堆亂絲，理不出一個頭緒來。

村長看到了我不說話，便叫了我幾聲，我只是隨便應着他，村長道：「先生，你為什麼問起亞昆來，你以為是亞昆回到村中來破壞？」

我又是一怔：「你說亞昆回到村裏來，那又是什麼？」

村長瞪大了眼：「亞昆已經失蹤了啊！」

我一伸手，抓住了村長的手臂，但是我也立即發現我的行動十分失常，是以我又鬆開了手，道：「他什麼時候失蹤的？」

村長道：「讓我想一想，他是……對了，劉寡婦哭哭啼啼，要村中的人幫她去找兒子的時候，正巧是墟上有人做喜事，那是……」

村長接着，便說出了一個日子來。

而我在聽了那個日子之後，心跳得更加劇烈了！

那是合成計劃開始前的兩天，天下的事，不會有那麼巧合，我可以肯定，亞昆和裘達教授的合成計劃有關係！

而且，我可以更進一步肯定，在裘達教授的合成計劃中，亞昆一定佔着一個極重要的地位！

然而，亞昆是白癡，是一個一出生就身體畸形的白癡，裘達教授卻是一個世界上出名的權威生物學家，他們兩者之間，會有什麼可能發生關係？

我緊蹙着雙眉，在心中將這個問題問了七八次，然後，突然之間，心中一亮，從一堆亂絲之中理出絲頭來了：裘達教授想改造亞昆！

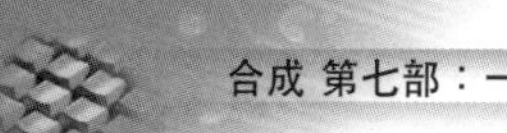

裴達教授改造亞昆，想使一個白癡變成一個正常人，那一定就是裴達教授的計劃，一個空前的計劃！

這個計劃，自然是人類以前所從來也未曾施行過的，也只有裴達教授那樣偉大的科學家，才能設想如此驚人的改造計劃！

但是，我卻還只不過理出了一個頭緒來，還有更多的疑問無法解釋，這些疑問包括：為什麼貝興國會感到自己犯了罪，為什麼他説裴達教授罪有應得？裴達教授究竟對亞昆施行一些什麼「手術」，以致亞昆會變得如此之兇殘，而且具有那麼大的破壞力？

我在苦苦思索的神態，一定十分之嚴肅，是以村長誤會了，以為我會對亞昆有什麼不利的想法，他道：「先生，你別想錯了，亞昆雖然是一個白癡，但是他卻非常善良，村中的孩子也最喜歡和他在一起玩。」

我問道：「孩子敢和他一齊玩麼？」

「敢和他一起玩？這是什麼意思，亞昆從來也不欺侮小孩子，他走路踏斷了一根草，都會發上半天傻，他最喜歡各種各樣的蟲，他對孩子最好了。」

我再問道：「亞昆的智力，究竟相等於多大歲數的孩子？你可以估計一下？」

村長搖着頭：「他今年十六歲，但是我三歲的孩子，比他懂得更多。他是一個徹頭徹尾的白癡！」

我沒有再出聲，因為在村長的話中，我至少又知道了一點，那便是，在村中生活的亞昆，是善良的亞昆，但是在到了裴達教授之處，他就變了，變成了破壞者和殺人兇手，變成了危險之極的怪物！

如今，村中遭受到的破壞，和亞昆的玩物被偷走，毫無疑問，是亞昆所為！

我未曾向村長説出這一點，因為村民的思想單純，如果我向他們説明了一切經過，那麼將會引起他們極度的恐慌。

而村長則反向我要求：「記者先生，你們知道得多，到處都去，有機會，幫劉寡婦找一找亞昆回來也是好的，他實在很可憐，什麼也不知道！」

我敷衍着村長，就離開了那村莊。

亞昆一定還藏匿在這個村莊的附近，必須將他找到，因為到現在為止，我雖然不知道在他的身上，曾發生過什麼變化，但是現在的亞昆是一個極其危險的人物，那卻毫無疑問！

如果村中的兒童不知道這個變化，見到了亞昆，仍然和他玩耍的話……

我想到這裏，眼前自然而然，浮起裴達教授慘死的那種可怖情景，以致機伶伶地打了一個寒顫，不敢再向下想去。

而且這種慘劇，決計不是我的幻想，在亞昆未被找出來之前，隨時隨地都可以發生。所以我在和村長告別之後，向前奔出去。

要尋找亞昆，那不是我一個人的力量所能做得到，要立即知會警方，派出大隊人馬，來這個村莊的附近，作徹底的搜索。

我奔到了車邊，剛打開車門，就看到一個四五歲大的小女孩，將手指放在口中，津津有味地吮吸着，一面叫嚷着，奔了過來。

我可以聽得她在叫的是「亞昆扮牛牛，亞昆扮牛牛，亞昆拔大樹，亞昆拔大樹。」

我呆了一呆，將那小女孩抱了起來：「妹妹，你在説什麼？」

那女孩看到我是個陌生人，立時扁起嘴來想哭，我忙道：「我知道你在説什麼，你在說亞昆，是不是？」

小女孩不哭了，她很有興致地和我討論起亞昆來，她道：「是的，亞昆的氣力真大，一伸手，就將一株樹拔了起來！」

我聽了之後，不禁「颼」地吸了一口涼氣：「你是在什麼地方看到他的？」

小女孩伸手向前一指：「就在那邊。」

我忙又問道：「他一個人在？」

小女孩大搖其頭，道：「不，很多人和他在一起，牛哥，小弟，龍仔，還有豬女。」

我只覺得背脊上已直冒冷汗，幾乎連講話也不利落了：村中的兒童和亞昆在一起！

我已沒時間去知會警方了，我必須先設法將村童和亞昆隔離，以免發生慘劇，又或者現在慘劇早已發生！唉，誰知道這事情竟來得那麼快！我急急道：「你快帶我去看亞昆，快帶我去！」

我將小女孩放了下來，小女孩向前奔出，我跟在後面，奔出了約有半里，攀上了一個山坡，向下看去，是一條乾得見底的溪流。

溪流中幾乎沒有水，全是一大塊一大塊奇形的石頭，就在河坡上一幅十分平坦的草地上，我看到了亞昆和七八個孩子！

在那河坡上，有一株碗口粗幼的樹，連根拔起，倒在一旁，亞昆坐在一塊石頭上，那幾個孩子，正在他的前面。我預料中的慘劇還沒有發生，這使我略為放心了一些，但是危險仍然隨時可以發生！

我必須不動聲色地將孩子引開，我不能叫孩子奔跑，因為我知道亞昆的動作十分快，沒有一個孩子可以跑得比他更快的。

我在那山洞中，曾吃過亞昆的苦頭，在醫院中足足躺了一個星期才出院，這時我一看到了亞昆，心中仍不免有一股寒意！但是我卻必須接近他！

我蹲了下來，不被亞昆看到我，然後我吩咐那小女孩：「小妹妹，你快回村去，告訴村長——」

小女孩道：「村長就是我爸爸。」

我忙道：「好，那你就去告訴爸爸，叫你爸爸快去找多些人來這裏。」

小女孩奇道：「來這裏做什麼啊？」

我嘆道：「唉，你不懂的，你就照我的話去做好了，你記得了麼？」

小女孩將手指放在口中：「記得了！」

她轉身便向外奔了開去。我明知將討救兵的任務，放在一個只有四五歲大的小女孩身上，那實在太靠不住，可是卻沒有別的辦法，因為那群孩子，離亞昆，如此之近！

我迅速地向河坡下走去，一直來到了那平地的附近，我隱身在一株大樹後面，只聽得那幾個孩子嘻哈聲，不斷地傳了過來，他們顯然一點也不知道他們在極度的兇險之中，反倒十分興高采烈。

我還聽得一個八九歲大的男孩指着亞昆的頭部，大聲道：「亞昆，你頭上是什麼東西？」

亞昆的身子站了起來，喉際發出了一陣模糊不清之聲。

那男孩子不但問，而且還走過去，想去摸亞昆頭上那幾個螺絲。

那時，我和亞昆相距不到三碼，在日光之下，我可以將亞昆看得十分清楚，他那種可怕的模樣，實在是足以將一個成年人也嚇出病來的。

而那些村童，居然一點也不怕他，那自然是從小就看慣了他的緣故。可是，當那男童向亞昆走去的時候，我卻也看出不妙來了，因為亞昆的身子向後一仰，伸手便向那男童推去！

從他那一推的動作來看，他大約是十分不願意人家去碰他的頭部，那一推，他可能也根本未曾發力，但是那男孩子卻已擋不住了。

就在亞昆的手推中那男孩的肩頭之際，那男孩整個人都跌了出去，幸好那只是一個山坡，山坡上全是柔軟的野草，所以那男童在滾跌出了幾碼之後，一骨碌站了起來，看來他並沒有受什麼損傷。

但是，那男孩的臉上卻已充滿了驚怖的神色，不但是他，別的許多孩童也都呆住了。

亞昆站了起來，自他的口中，發出了一種十分之怪異的聲音來。

那種聲音，十分難以形容，像是一頭大猩猩突然踏中了燒紅的鐵塊時所發出的急叫聲！

亞昆一面叫着，一面伸手指着他自己的頭部，像是在示意那些孩童，不要去碰他的頭部。

而在這時候，我也看得再清楚沒有了，我看出，亞昆的頭部，經過一項極大的手術，他的腦蓋骨甚至被整個地揭去，而那塊平整的上着螺絲的塑膠，竟代替了腦蓋骨！

也就在剎那間，我的心中，突然一動！

我立時想起，裴達教授的所謂「合成計劃」，一定和亞昆的腦部有關！

同時，在我的心中，也已迅速地假擬了事情的經過，我擬的經過是：亞昆是白癡，裴達教授在一個偶然的機會中看到了他，裴達教授想醫治他，於是將他帶到自己的家中，替他的腦部動手術。

但是，我卻又立即推翻了自己的這一個假定，因為這一個假定不合事實。第一，裴達教授只是一個生物學家，不是醫生，他不會想到要替亞昆醫治疾病。

第二，如果裴達教授的目的，是在於替亞昆醫病的話，那麼他決計沒有必要將亞昆的整個腦蓋骨完全揭去，而代以塑膠蓋。自然，更沒有理由，在塑膠蓋上，用螺絲來旋緊，用螺絲，用螺絲……

我在想着為什麼裘達教授要用塑膠板來代替亞昆的腦蓋骨的原因。

突然之間，我想到了，同時我也不禁機伶伶地打了一個寒顫！裘達教授之所以用塑膠板來代替亞昆的腦蓋骨，他的目的，自然是在進行一項實驗，而那幾枚螺絲，也自然是為了方便實驗工作的進行，可以使得主持實驗工作的裘達教授，可以隨時打開塑膠板來觀察亞昆腦子的活動情形！

換一句話說，也就是裘達教授是在拿一個活人進行實驗！

我一想到這裏，不禁手足冰冷！

第八部

驚心動魄圍捕亞昆

裘達教授毫無疑問，是一個偉大的科學家，但是他如果拿一個活人來做試驗，那麼，他同時也是一個瘋狂的科學家！

在那時，我可以肯定我的假定是十分接近事實。正因為裘達教授是在拿活人做試驗，所以貝興國在一開始就反對這個計劃。

也正因為裘達教授是拿活人做試驗，所以後來出了意料之外的變故，貝興國才說他罪有應得。

也正因為貝興國終於參加了裘達教授以活人做實驗的計劃，是以在變故發生之後，他內疚悔恨自己是幫兇，而且，因為他未曾堅持原則，使得裘達教授間接被害，所以他才覺得自己有罪，終於自殺！

那的確是太可怕了，我只不過是猜想到了這件事，也不禁全身發冷，幾乎不知身在何處，直到許多人的呼喝聲傳進了我的耳中，我才陡地驚起。

我看到以村長為首，大約七八人，拿着竹杆、斧頭等武器，奔了過來，大聲呼喝着，一看到了我，村長忙問道：「什麼事？什麼事？」

我吸了一口氣道：「亞昆，亞昆剛才和他們這些孩子在一起！」

村長的神情十分惱怒：「先生，我已和你說過，亞昆不會害人。」

我搖着手：「現在不同了，我和你們說不明白，你只要記得我的話就行了，亞昆極其危險，隨時會殺人，他已經殺過人，你們快帶着孩子回去，我立時去通知警方。」

村長和村民的神情，都半信半疑。

是以，我再次鄭重吩咐他們：「千萬別將我的話當耳邊風，在我未曾回來之前，你們甚至不要去找亞昆。亞昆剛才還在這裏的，一定是聽了你們的聲音才逃走，而我因為想起了一些事，太出神了，竟不知他逃向何處。」

有幾個村民已經相信了我的話，立時拉住了他們的孩子，村長也點着頭。

我再吩咐了他們幾句，例如萬一見到了亞昆，千萬不可激怒他，更千萬不能碰到他的頭部等等。

我和他們一齊離開，我來到了車旁，駕着車，駛到了最近的警署，我沒有說明我的來意，我只是說要和傑克中校通電話。

因為如果由我來請求派人去搜尋亞昆，警署中的人一定以為我是神經病的。

電話打到傑克中校的辦公室，出乎我意料，中校居然已回來了，我連忙將我的發現向他說一遍，傑克立時說派大隊人員來，並且授權我指揮就近警署中可以動員的力量，先去找尋亞昆。

大規模的搜尋工作開始了！

不但進行地面搜索，而且有兩架直升機參加了空中的搜索。

傑克中校就是從直升機上跳下來的，搜索的範圍幾乎廣達一平方里，但是一直到天黑，卻找不到亞昆究竟在什麼地方。

村中的孩子，逐個被叫來詢問，問他們誰知道亞昆匿藏的所在地就可以有巨獎。但是所有的孩子，卻個個搖頭，都說不知道。劉寡婦看到那麼多的人來搜尋她的兒子，嚇得除了哭之外，什麼也說不出來！

搜索工作一直進行到天黑，幾乎每一個人可以匿藏的地方都找遍了，但就是找不到亞昆的蹤迹。傑克中校留下了一部分警員在附近守衛着，告誡附近的各鄉村，有一個極其危險的白癡，可能隨時會出現，一發現他的蹤迹，應該立時向警方報告。

他並且組成了兩支巡邏隊，進行徹夜不停的巡邏搜索。等到他安排好了這一切，我才和他一起回到了市區。我和他是在警局門口分手的，那時已經是九點鐘了。

我和家中通了一個電話，並不回去，卻驅車去拜訪一位十分著名的腦科專家，他是我的父執，雖然已經退休，但還在進行尖端的研究工作，是好幾家大醫院的腦科顧問。

當我到達他的家中之後，他正戴着老花鏡，在書房之中翻閱最新的醫學文獻，他吩咐我坐下，定定地望着我，等我開口。

因為我至少有兩三年未去看他了，突然在晚上去拜訪他，自然知道我有重要的事。

我心中十分亂，不知該如何開口才好，是以我想了一會，才道：「林二叔，一個白癡，四肢都比旁人來得短而粗壯，是不是先天性的腦部缺陷帶來的？」

他推上了眼鏡，因為我這個問題很正經，是以他的神情也十分嚴肅：「是的，那是因為大腦皮膚的構造失常，影響了腦下垂體中的幾個內分泌腺，這個人無法保存記憶，也就是說，也無法獲得知識，所以他是一個白癡，而他的四肢，也因為內分泌不正常，所以發育異常，這種病例全是先天性的，父母梅毒的遺傳，就會造成那樣的白癡兒童。」

他已解釋得十分詳細，亞昆正是那樣一個白癡兒童。

我又問道：「那樣的兒童，如果進行腦部手術，是不是可以醫治？」

他搖着頭：「這不是一種病，病是可以醫治的，那是一種病態，是由發育不全所造成的，自然無法醫治，那是無可補救的缺陷。」

我喝着他倒給我的濃咖啡，又問道：「那麼，如果一個人，他將一個十六歲的那樣的白癡的腦蓋骨揭開，他是想做什麼呢？」

他望着我：「我不明白你那樣問是什麼意思，你的問題，能不能說得明確一些？」

我苦笑了一下，我的問題如果要說得明確一些，那得花很多的時間，但是我還是非說不可，因為我需要他專家資格的回答。

我道：「二叔，你認識裘達教授？」

他立時嘆了一聲：「認識的，他是一個極出色的生物學家，可惜得很，他竟被他的助手所殺死。」

「事情和你想像的略有不同，二叔，我可以將經過情形，詳細告訴你。」

他十分有興趣地坐直了身子，我便將這些日子來，我在受了裘珍妮的委託之後所作的調查，和目前的發現，向他詳細地說了一遍。

最後，我道：「裘達教授將他在亞昆身上所做的工作叫合成計劃，你能猜想出他究竟做了些什麼來麼？」

他搖着頭：「不能，我很難以想像，我是一個醫生，而他是一個生物學家，我們兩人研究的方向完全不同。」

我又問道：「那麼，在什麼情形下，一個白癡忽然會狂性大發，忽然會行動如此靈敏，氣力如此之大，可是他的腦部起了什麼特別的變化？」

我的那位父執緊鎖着他的雙眉：「你的問題，我實在很難回答，照你所說的看來，裘達教授顯然曾在他的腦部做過一些工作。但是據我所知，即使改變了一個人的內分泌，也是難以達到那樣結果的，何況內分泌系統的秘密，人類所知極少！」

「那麼，你也不明白他的計劃是什麼？」

「不知道，但是我可以肯定的是，那一定是一項極之偉大、震驚世界的計劃。」

我又呆了片刻，我的拜訪，沒有什麼收穫，只是在枝節問題上，得到了一些答案，在整個大問題上，什麼也未曾獲得。

告辭出來之後，夜已很深，我回到了家中，又和白素作了很長時間的討論，作了很多不同的假設，但是卻沒有一個假設接近事實，只得怏怏睡去。一連數天，都花在拜訪著名的生物學家和腦科專家之上。

然而我的收穫加起來，也不會比我第一次拜訪我的父執時收穫更多，我在裘珍妮處，總算已有了交代，因為我已證明了貝興國不是謀殺裘達教授的兇手。

兇手既然是亞昆，而亞昆之所以會成為兇手，是裘達教授製造出來的，那是一個可怕的循環。

而在這個可怕的循環中，貝興國是一個無辜的犧牲者！

又過了六天，事情才有了進一步的發展，我接到了傑克中校的電話，他在電話中叫嚷道：「我們找到了亞昆，將他圍住了，你立即來！」

「在什麼地方？」我立即問。

「你到警局來，我和你一起去！」傑克回答。

我放下了電話，便奔了出去，橫衝直撞，衝到警局，我才一到，傑克已等得不耐煩了，道：「你怎麼來得那麼遲？」

我苦笑道：「在我車後，至少有五個以上的交通警在追逐我，你還要我怎樣快？」

他道：「少廢話，我們要起飛了。」

我和他一齊向一架直升機奔去，我們才一登上直升機，直升機便已起飛，飛出了市區，向上次發現亞昆的地方飛去。

直升機飛得十分低，我看到在飛過的那山坡之後不久，有許多警員，圍住了一片林子，直升機在一個草地上停了下來，我和傑克一齊跳出機艙，一名警官奔了過來，喘着氣：「他在林子中，他在林子中！」

另一名警官也奔了過來：「我們圍住他了，很多人看到他竄進林子中去。」

傑克中校的神色十分緊張：「肯定他是在林子中，沒有出來？」

「是的。」好幾個警官一齊回答，他們陸續奔了過來的。

傑克中校因為過度的緊張，竟有點手足無措。他是一個非常精明幹練的警務人員，雖然他有時過分自信。但是警務人員必須有良好的判斷力，而良好的判斷力，又有賴於充分的自信。所以那也不算是什麼缺點。

但是這時，傑克卻緊張得可以，他之所以緊張，是和我這時緊張的原因一樣，因為我和他都知事情的來龍去脈，我們都知道亞昆是怎樣的一個人！

我在他向我望來的時候，吸了一口氣：「中校，一定要生擒亞昆，你同意這個原則？」

「當然！當然！」他立即回答：「這個原則必須肯定，那太重要了！」

我們都知道生擒亞昆的重要性，但是我們同時卻也知道要做到這一點，是如何的困難，因為亞昆是一個如此動作敏捷、力大無窮的人！

我吸了一口氣：「亞昆現在藏匿在林子中，我們要設法去接近他，而不是

趕他出來，因為如果將他趕出來的話，他一定因為受驚而狂性大發，那時候，就可能有意想不到的事發生了。」

中校點頭：「對，你說得對。」

我用十分緩慢的調子道：「好，你既然同意了，那麼請你在你的屬下，挑選五個至七個受過嚴格柔道或是中國武術訓練的人，由我帶領着前去。」傑克中校呆了一呆：「不，應該由我帶去！」

我搖頭道：「中校，現在不是爭面子的時候，你是一個很好的警官，但是在身手靈活方面……」

傑克不等我講完，忙道：「那麼，至少我也要參加這個搜索小組！」

我點頭道：「那我不反對，還有一點，在你挑選你的屬下之際，必須聲明，那是一個極其危險的任務，參加者必須自願。」

「你放心，我的屬下沒有怕死鬼！」傑克已將命令傳達了下去，不到五分鐘，至少有二十名警員或警官，奔了過來。

我用簡單的方法，試驗了他們的反應的靈敏程度和氣力之後，留下了七個人，而我特別選擇柔道段數較高的人。因為亞昆的蠻力大，如果被他大力衝撞，在柔道上有較高造詣的人，便不容易受傷。

當他們七人被決定下來之後，我簡單地講了幾句，我道：「我是衛斯理，你們一定知道我是誰，而我，不久以前，就曾被我們現在要去對付的人，打斷過兩根肋骨，在醫院躺了一個星期！」

我那幾句話，令得這七個人，都現出程度不同的吃驚的神色來。

我又道：「而為了某種極其重要的原因，我們必須生擒這個人，這個人力大如牛，行動靈敏如猿猴，你們之中誰要退出的，絕沒有人非難，因為這是一項危險之極的任務，我希望各位之中有家屬的人，鄭重考慮退出。」

我的話講完之後，足有一分鐘的沉寂。

然後，才見一個警官開了口，他道：「喂，衛斯理，你不是也有妻子的麼？」

我點頭道：「是的，不但有妻子，還有一個十分可愛的女兒。」

那警官瞪着我：「是啊，那麼你自己為什麼不考慮退出，回家逗女兒去？」

我哈哈笑了起來，突然之間，緊張的神情一掃而空，頓時覺得豪氣干雲，

大聲道：「好的，沒有人退出，我還有幾句話，各位必須記得，我們一定要生擒亞昆，而在單對單的情形下，絕不要和他硬拚，我們要和他群鬥，單打絕不是他的對手，好，解下各位的佩槍來！」

我最後的那句話，顯然大大出乎所有人的意料，是以一時之間，那七個「志願軍」和傑克中校都瞪着我，一聲不出。

我又重複了一遍：「所有的人，都將佩槍解下來，不准帶槍去執行任務。」

傑克叫了起來：「那太過分了。」

我立即道：「中校，要生擒亞昆，這是一個極其重大的原則，你同意的！」

「對，我同意這原則，但是那絕不是放棄武器，我們可以備而不用的，那就像……就像空中飛人……的演員扣上保險帶。」

我又是好氣，又是好笑：「中校，第一流空中飛人，寧願跌死，也不用保險帶，我們不是超人，絕難有在性命危險之際不使用槍械的那種克制力！」

傑克中校的聲音更大：「你要我們犧牲性命，也不可傷害亞昆？」

我望着他，他雖然在這個問題上還未曾弄得通，我們必須不可以令亞昆受到傷害，這絕不是為了要保護亞昆，而是為了全人類。

因為，世界上最偉大的生物學家之一——裘達教授曾在亞昆的身上做了一項十分重要的工作，使亞昆生存着，對人類一定有益處。

但傑克中校卻不明白這一點，他只是在強調警員不受傷害！警員全是經過挑選的，身手敏捷的，只要他們趨避得宜，他們可能會有危險，但是卻不會致命！

但如果他們佩戴着槍的話，那麼，作為一個警員，在受到襲擊時，最本能的動作是什麼？

我覺得我非爭到底不可，是以我仍然堅持：「不行，不能帶槍，我們可以避免自己受傷害，然而，一定要保存亞昆的生命。」

傑克中校的面色變得十分難看，我曾經和他有好幾次的合作，但是每一次合作都是以不愉快而告終的，看來這次也不能例外了！

他簡直是在大聲呼喝了，他叫道：「你要我們解除武裝，那對我們來說，簡直是莫大的侮辱，如果必要的話，你可以退出，我們懂得如何進行。」

我也氣得漲紅了臉，用同樣大的聲音回敬他：「別不知羞！你懂得如何進行？誰告訴你亞昆在這附近？我在這裏看到亞昆的時候，你做夢也沒有將鄉村受破壞的事和亞昆聯繫在一起，你只知道貝興國是一個危險的人物，可是卻連想也未曾想一想貝興國沉重的心理負擔！」

傑克狠狠地咬着牙，向我揚着拳，我也不甘示弱，同樣向他揚着拳。

跟着我和他兩人就要爆發一場大戰了，一個警官連忙打圓場：「衛斯理，我看這樣吧，我們帶着槍，但是保證不用。」

我冷笑道：「既然保證不用，帶槍作什麼？」

那警官道：「你太不近人情了，我們總不能不防萬一，對不對？」

我嘆了一聲，他們都不明白亞昆的重要性，這是難怪他們的。

我也不明白，我不能確切地向他們説明保持亞昆生存，對人類有重大的意義，我只不過是深信這一點而已，因為我知道一個偉大的生物學家，將他加諸亞昆身上的實驗，稱之為人類有史以來最偉大的一個計劃！

傑克中校和警方人員是執行者，我一個人既然沒有力量捉住亞昆，自然只好服從他們的意見，所以在嘆了一聲之後，我便放棄了原來的意見：「既然你們不願意放棄手槍，那麼請接受我一個勸告：千萬別用它！」

傑克中校見我不再堅持自己的意見，他的神情也輕鬆了不少。他拍着我的肩頭，像是根本沒有發生什麼爭執一樣：「好，那我們就開始進行搜索，分頭還是集體？」

我吸了一口氣：「分開來好些，人太多了，會刺激亞昆，好在我們每人都有無線電對講機，任何人發現了亞昆之後，立時站定，切勿接近，然後通知別人，等我們將他包圍之後再動手。」

各人都點了點頭，在這一點上，他們顯然都同意了我的意見。

我們各自散了開來，用十分輕靈的步子，走進了林子之中。那片林子是松樹林，地上全是跌落下來的松果，腳踏上去，發出「咔咔」的聲音。

我盡量放輕腳步，在開始時，我還可以看到其他的人，但是五分鐘之後，我卻發現只有我一個人了。我小心翼翼地向前走着，同時注意着四周圍的情形。

又過了十分鐘，我遇到了三個搜索隊員，我們交談了幾句之後，又分頭

去尋找，約莫過了三十分鐘，我的無線電對講機中，突然傳出了一個緊張的聲音：「我看到了他，我看到了他，他在樹林的右角，近山坡處，他爬在樹上！」

我連忙轉向右奔去，不到五分鐘，我們九個人，每一個人都來到了那地方，我們九個人，也每一個人都看到了亞昆。

亞昆蹲在樹上，目光灼灼地看着我們，他離地大約有十二呎高，我們離他棲身的那株樹，約有五碼，傑克中校和別人，還是第一次看到亞昆，是以當他們向亞昆注視着的時候，他們的臉上，都現出一種難以形容、恐怖莫名的神色來。

我沉聲道：「大家散開來，圈子最好再擴大些，他從樹上躍下來，可能一下子便躍出了我們的包圍圈。」

他們聽着我的話，散了開來，我則慢慢地向前走去，傑克不斷地提醒我：「小心，衛斯理，千萬要小心，要小心！」

他過分地提醒我，令得我不耐煩起來，我轉過頭來叱道：「閉上你的鳥嘴！」

傑克冷不防給我那樣大聲一喝，果然緊抿着嘴，不再出聲。

我來到了樹下，抬起頭來，除非我爬上樹去，不然我已不能和亞昆之間的距離再拉近了。

我用十分柔和的聲音道：「亞昆，你下來。」

亞昆仍然蹲在樹上，他異樣的目光集中在我的身上。

我的手心沁出冷汗來。

他如果自樹上疾躍而下，向我襲擊，我再在醫院中躺一個星期，可以說是最幸運的結果。

我抬頭向上望着，我可以清清楚楚地看到亞昆，但是我卻無法知道他究竟是一個什麼樣的怪物，他究竟為何有那樣超人的能力！

我感到我的喉嚨乾得冒出煙來，要不斷地吞咽口水，保持着咽喉的潤濕，才能夠繼續講話，我不斷地說着：「亞昆，你下來，我們一齊去玩，那邊的山溪上有許多蝌蚪，已經生出四條腿，很快就會變小青蛙，你下來，我們一齊去玩。」

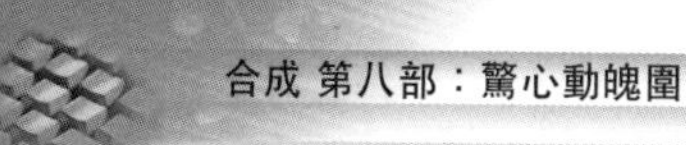

亞昆仍然神情遲疑地望着我，在經過了約莫十分鐘之後（或許沒有那麼久，因為我這時，根本緊張得沒有時間概念了），亞昆才有了移動身子的意思，他的身子略動了一動，然後，他沿着樹身，向下迅速地攀了下來。當他向下攀來的時候，他是背對着我的。

而在一剎那間，他給我的印象，使我實在不當他是一個人，而只當他是一隻猿猴。

他幾乎在一秒鐘之內，便到了地上，然後，他向我望着，我仍然竭力在臉上維持着笑容，那使我看來，對他似乎並沒有惡意。

人自然是世上最狡猾的動物了，因為人懂得一面裝出笑臉，一面心中卻對對方不懷好意，而其他任何動物，當對對方不懷好意之際，總是現出一副兇相來，至少好令得對方有所提防。

我的右手在身後招着，一個警官迅速向我接近，將一根已扣了活結的繩索，交到了我的手中。

我的計劃是，由我拋出那股有活結的繩索，將亞昆的身子束住，然後，其餘人再一湧而上，將他制服，我握住了那繩索，才發覺我手心中的汗，多得驚人。我向亞昆接近了一步。

自亞昆的口中，發出了一些模糊不清的聲音來，他粗短的雙臂也揮動着，像是正要表明些什麼。

但是我根本不想去弄清楚他究竟要說些什麼，我只是點着頭：「是的，亞昆，我們一齊去玩，玩你最喜歡玩的東西！」

亞昆顯然是聽懂了我的話，因為他的臉上，開始現出了一個十分笨拙的笑容。

而剛在他的臉上現出了笑容之際，我的手突然揚起，繩索的活結，向亞昆的頭頂上疾套了下去。我的計劃，本來是希望能將亞昆的手臂一齊套住的，但這時他的手臂卻在揮舞着。

而且，由於我太心急扯動繩子的活扣，是以那股繩子的活結，實際上是套在他的脖子上，而我也無法不繼續抽緊活扣，因為這機會如果一消失，可能再也不會有同樣的機會了。

繩子的活扣，已緊緊地箍住了亞昆的頸際，我用力一拉，想將亞昆拉得跌倒在地。

但是亞昆卻站立着，並沒有跌倒，他的臉上，現出了一種極其迷惑不解的神色，一對小眼睛，在不住地眨動。

顯而易見，亞昆在一時之間，絕無法了解，何以剛才還是對他笑臉相迎的人，忽然之間，會用繩子套住了他的脖子！

而那時候，七名警員，已然一湧而上，亞昆對於穿着制服的警員，可能有一種特殊的敏感，也有可能，他已然意識到自己受到傷害了，是以自他的口中，發出了一陣十分難聽的叫聲來。

那時，已有兩名身手十分敏捷的警員，撲到了他的身邊，那兩個警員，一面一個，伸手便去扭亞昆的手臂，他們已抓住了亞昆的手臂，但是亞昆的身子突然向下一蹲，又向上陡地跳了起來。

那一蹲一跳之間，那兩個抓住了他手臂的警員，向外疾跌翻了出去，又撞倒了另外兩名警員，而亞昆已跳高了六七呎，伸手抓住了一根樹枝。

那活結還扣在他的頸際，而我也還緊抓繩子的另一端，是以他一向上跳了起來，令得我的身子，也被帶得不由自主，向前跌出了一步。

而亞昆在抓住了那樹枝之後，身子一晃，又向上盪了起來，他向上盪起的力道是如此之強，以至我如果不放開繩子的話，整個人非被他的一盪之力，吊起來不可，就在此際，亞昆的身子，突然以迅雷不及掩耳的勢子，向下撲來。

我根本連走避的機會也沒有，他才一落地，便向我撞了過來，我的肩頭被他撞中，我向外翻了出去。而亞昆的身子，向下略蹲一蹲，突然抱起了一塊足有七八十斤的大石，連人帶石，一齊向我撲過來！

我被他撞跌在地，眼前陣陣變黑，全身發軟，是以我雖然眼看着他連人帶石向我撲了過來，也明知我被那塊大石砸中的後果，可是我卻一點辦法也沒有！

而就在那千鈞一髮間，槍聲響了。

槍聲連響了三下，槍聲就在我的身後響起。三下槍聲過後，亞昆倒了下來，在地上滾了幾下，雙手鬆開，他抱着的那塊大石，也自他的懷中滾了出來。

我循着槍聲望去，傑克中校握着槍，槍口還在冒着煙。我再轉頭向亞昆望去，亞昆的胸口中了兩槍，頸際中了一槍，當然死了！

我雙手用力在地上按着，慢慢地站了起來。

亞昆雖然死了，但是亞昆剛才的兇相，卻還令得所有人呆立在原來的地方，根本沒有人移動。在我站了起來，踉蹌向前走出了兩步之後，傑克中校才向我奔了過來：「你沒有事？」

我現出了一個苦笑來：「中校，多謝你救了我，多謝你。」

傑克中校也苦笑着：「你看，我必須將他射死，我只好連發三槍，如果我只將他射傷，一樣救不了你，你當然明白。」

我抹着額上的汗：「當然，我明白，他的來勢如此猛，而根本沒有躲避的可能！」

傑克道：「可是……他卻死了，我們沒有照計劃將他活擒。」

「我們的計劃……」我苦笑着再也說不下去。

因為我們的計劃，只不過是紙上談兵，一和亞昆接觸，完全被打亂，從亞昆自樹上跳了下來之後，一切的變化，全是如此之迅雷不及掩耳，我們的計劃，一點用處也派不上！

我望着亞昆的屍體，心中感到難以形容的沉重，我慢慢地轉過身，慢慢地向前走去，傑克在我的身後叫我：「衛斯理，你為什麼走？」

我苦笑着：「我為什麼還不走？」

傑克來到了我的背後：「是的，我用了槍，是我將他打死的，但是我應該怎麼辦？難道我不應該將他打死，應該讓他將你打死？」

我在一剎那間，只覺得無比的疲倦，而且，在這個問題上，實在無法和傑克爭論。

所以，我只是苦笑：「傑克，我絕沒有責怪你的意思，真的，請相信我，我只不過感到心中不舒服而已，我想你心中一定有同樣感覺？」

傑克點着頭：「是的，我知道你並不怪我，可是我，唉，我們失敗了。」

「未必，亞昆的屍體，應該小心存起來，請有關方面的專家來解剖，別忘記檢查亞昆的屍體之際，通知我一聲！」

傑克點頭答應着，他不再攔阻我，我腳步沉重地進了車子，駕車回去，一切像是做了一場夢一樣。

第二天上午，我得到了傑克的通知，趕到了一所規模宏大的醫院的剖驗室之中，我和幾位警方的高級人員，全是高處向下看着，和我們坐在一起的還有好幾位腦科專家和生物學家。

三位專家在手術牀上從事剖驗工作，其中的一個將亞昆的頭頂上的螺絲弄開，將那塊塑膠板移了開來。

我的估計不錯，裘達教授之所以要在亞昆頭頂上加上螺絲，是因為便於觀察他腦部的情形，因為那塊塑膠板一移開，就看到了亞昆的整個腦。

也就在那時，那三位從事剖驗工作的專家，一齊抬起頭來，他們中有兩位不及拉下口罩，便叫了起來：「天，那不是人腦！」

是的，那不是人腦，那是一副人猿的腦，連我這個對生物學只有膚淺認識的人，也可以分別出人腦和猿腦的不同，在亞昆的腦殼中，是一副猿腦！

什麼是合成計劃，真相大白了：裘達教授的確進行了一項人類史無前例的工作。

他成功地進行了人類第一次腦移植的手術！

他將一副猿腦，植進了亞昆的腦殼中，代替了他原來的白癡腦子！

但是，結果卻使亞昆成了一個半人半猿的怪物，發生了那樣的慘劇，那就是裘達教授所絕料不到的了。

事後，我和進行剖驗工作的一位專家談起裘達教授的工作來。

他說：「那是極偉大的工作，如果人類純熟地掌握了腦移植的方法，那麼，在某種情形下而言，人不會死，沒有死亡。我們都知道中國的偉人孫中山死於肝癌，如果那時有腦移植的手術，那就可將他的腦子移到另一個人的身上，人類的一切行動都是由腦來主宰的，那麼他也就仍活在世上了。」

我的聲音有些發顫：「有這可能？」

他答道：「有的，事實上裘達教授已做到了這一點，他的手術十分成功，以至令得猿的性格也進入了亞昆的體內。他克服了許多困難，可惜他實驗筆記全不見了。但一定會有人再做同樣的事。人不會死，知識不會消失，那是何等樣的成就！」

如果有那樣的一天，那自然是極偉大的成就。

但是，裴達教授不是取得了成就了麼，為什麼他的結果又如此悲慘？

我迷惑了！

（全文完）

衛斯理小說典藏版　63

筆友

作　　者：　衛斯理（倪匡）
責任編輯：　黃敬安
封面設計：　李錦興
出　　版：　明窗出版社
發　　行：　明報出版社有限公司
　　　　　　香港柴灣嘉業街18號
　　　　　　明報工業中心A座15樓
電　　話：　2595 3215
傳　　真：　2898 2646
網　　址：　https://books.mingpao.com/
電子郵箱：　mpp@mingpao.com
版　　次：　二〇二二年八月初版
I S B N：　978-988-8828-08-1
承　　印：　美雅印刷製本有限公司